Für den Hasen

Markus Schwenk

Weidenmann und der Tod am Haken

Ein Oberschwaben-Krimi

Markus Schwenk
Weidenmann und der Tod am Haken
© 2017

Lektorat & Korrektorat: Isabella Gmehling

tredition GmbH, Hamburg
978-3-7439-4039-0 (Paperback)
978-3-7439-4040-6 (Hardcover)
978-3-7439-4041-3 (e-Book)
Printed in Germany

Prolog

Der Raum war fast quadratisch und maß in etwa fünf auf fünf Meter. Die Decke war nicht besonders hoch, nur wenig höher, als ein durchschnittlich großer Mann mit ausgestrecktem Arm erreichen konnte. Bis auf eine Höhe von circa einem Meter waren die verputzten Wände kalkweiß getüncht. Eine feine dunkelblaue Linie, die mit leicht unregelmäßigem Strich gezogen war, markierte den Absatz ab dem sich nach oben hin ein zartes Himmelblau der Decke entgegen reckte. Diese war als einfaches Tonnengewölbe mit einer sehr flachen Rundung gearbeitet. An manchen Stellen war der Putz abgebröckelt und gab das darunterliegende, dunkelrote Ziegelmauerwerk frei. Hie und da zeigten sich ganz leichte Schimmelspuren. Es roch ein wenig muffig-feucht. Wie in einem Raum, in dem schon sehr lange nicht mehr gelüftet worden war. Der Boden bestand aus groben, regelmäßig verlegten Steinplatten. Es gab eine einfache, braune Holztür mit einem Kreuzfenster, die nach draußen, zur Toreinfahrt führte. Eine weitere Tür ohne Fenster führte in das Innere des kleinen Hauses. Auf einem niedrigen Holztisch lagen zwei alte, abgeschliffene Messer mit stark abgenutzten Holzgriffen und weiteres altes Schneidewerkzeug mit ebenfalls deutlichen Gebrauchsspuren. An der Decke hing eine weiße Email-Lampe, die auf jedem Trödelmarkt in der Gegend sicherlich gutes Geld eingebracht hätte. Ansonsten gab es keine weiteren Möbelstücke oder andere Einrichtungsutensilien.

Außer dem Haken natürlich. In der Mitte der Decke hing ein massiver, leicht angerosteter Metallhaken. Ein Haken, der ohne weiteres ein ordentliches Gewicht tragen konnte. Das musste er auch, denn das war seine originäre Aufgabe, seine ureigenste Bestimmung. Gewichte zu tragen. Zum Beispiel das Gewicht eines Lammes. Oder das eines Hammels. Oder auch das eines kleinen Kälbchens. Der Haken war der zentrale Punkt in diesem Raum. Der Haken war der einzige Grund, warum es diesen Raum überhaupt gab.

An dem Haken hing ein kurzer, aufgerauter Strick, keine zehn Zentimeter lang. Der Strick bildete eine Schleife. Und in dieser Schleife hing ein Fuß. Wohlgeformt, wohlgepflegt und wohlgebräunt wurde dieser Fuß oberhalb des Knöchels von dem groben Strick deutlich eingekerbt, regelrecht zugeschnürt. Das lag natürlich an dem ordentlichen Gewicht, das weiter unten hing. Der Fuß gehörte zu einem Bein, das wiederum an einem Torso hing, der von einem lockigen Kopf gekrönt wurde. Nur, dass dieser Kopf jetzt natürlich unten war. Nicht ganz unten, denn da waren ja auch die Arme, die noch weiter herunterhingen. So weit, dass sie nur etwa zwei Zentimeter über dem Boden schwebten. Das zweite Bein hing in einem merkwürdigen Winkel vom gesamten Körper weg. Würde man die ganze Figur aus ihrer jetzigen Position um 180 Grad drehen, sähe sie aus wie eine zierliche, griechische Gartennymphe, die gerade zu einem äußerst grazilen Tanzsprung ansetzte.

Da die Tür zur Einfahrt infolge ihres Alters nicht mehr ganz dicht war, lies sie einen leichten Luftzug durch den Raum streichen, der dafür sorgte, dass sich der Körper ganz langsam um seine Vertikalachse drehte. Die Spitze des ausgestreckten Zeigefingers blieb dabei immer an derselben Stelle. Das erinnerte irgendwie ein wenig an Michelangelos *Erschaffung des*

Adam. Von der Fingerspitze tropften in zähen aber regelmäßigen Abständen kräftige Tropfen in die bereits angesammelte Brühe am Boden des Raumes. An den Rändern hatte sich die Flüssigkeit bereits angedickt und nahm eine rostig braune Farbe an. Die frischen Tropfen hingegen waren noch kräftig rot. Blutrot.

Der Hals des Körpers war mit einer scharfen Klinge sauber durchtrennt worden, wobei die Halsschlagadern, die Speiseröhre und die Luftröhre in einem einzigen Schnitt gekappt worden waren. Der komplette Kopf des Hängenden war blutüberströmt, ebenso wie die beiden nach unten gerichteten Arme. Die schwarzen Locken waren nur noch teilweise als solche zu erkennen. Alles war verklebt und hatte die schmierige Farbe von geronnenem Blut angenommen. Infolge des Schnitts hing der Kopf in einem unnatürlichen Winkel vom Hals weg. Die Augen waren wie in äußerster Panik weit aufgerissen und auch sie standen voller Blut. Die Pupillen waren als solche gar nicht mehr erkennbar. Der Mund stand wie in einem verkrampften, stummen Schrei offen. Die Zunge hing wie ein aufgedunsener, fleischiger Lappen zwischen den verzerrten Lippen hervor.

Wäre ein Rabbiner anwesend und hätte es sich bei der leblosen Gestalt nicht um einen Menschen, sondern um ein Lämmchen oder ein Kalb gehandelt, so würde er mit Sicherheit zufrieden sein und dem Schächter, dem *Schochet*, wohlwollend zunicken. Ein perfekter Schnitt. Alles unreine Blut konnte den Körper verlassen, wie es die uralten Vorschriften bestimmen. Gewaschen, gesalzen und vom unerlaubten Fett befreit würde so koscheres Fleisch entstehen, das sogar Jehova selbst hätte verzehren können.

Was jedoch hier im alten Schächtraum eines ehemaligen jüdischen Gemeindehauses hing, war kein zum Verzehr vorgesehenes und koscher geschlachtetes Tier, sondern ein Mensch. Ein toter Mensch. Eine Leiche. Selbstmord definitiv ausgeschlossen. Totsicher.

1

Polizeioberkommissar Manfred Weidenmann saß vollkommen tiefenentspannt in seinem super-ergonomisch geformten Bürosessel. Er hatte es ziemlich arg mit dem unteren Rücken und deswegen war ihm vor zwei Jahren von seiner vorgesetzten Dienststelle solch ein ganz spezieller und superteurer Gesundheitsstuhl genehmigt worden. Das war allerdings auch so ziemlich das Einzige, was ihm in den letzten 18 Jahren genehmigt wurde. Weidenmann hatte schon vor langer Zeit die in Insiderkreisen *EDEKA-Stufe* genannte Maximalgrenze seiner polizeilichen Laufbahn erreicht: *Ende DEr KArriere*! Vor 18 Jahren, als er noch ein ganz junger, aufstrebender Polizeibeamter mit Ambitionen und enormem Entwicklungspotential war, waren ihm ein einziges Mal ganz kurz die Nerven durchgebrannt. Nur eine winzige Sekunde lang, einen Wimpernschlag war er nicht Herr seiner selbst gewesen. Und er hatte ungebremst zugeschlagen. Nicht etwa, dass er einen zugekifften Junkie verprügelt hätte. Oder irgendeinen fiesen Einbrecher, einen üblen Vergewaltiger oder einen gemeinen Erpresser. Nein, nein. Mit einem sauberen Schwinger hatte er seinem damaligen Chef das Nasenbein gebrochen. Und damit auch gleichzeitig seine ach so vielversprechende Karriere beendet. Alles in nur einem Augenblick. Nach einem ewig dauernden Disziplinarverfahren und einer satten Zivilklage mit hohen Schmerzensgeldansprüchen konnte er gerade mal so eben im Polizeidienst verbleiben, wurde auf einen komplett aussichtslosen Sackgassenposten versetzt und durfte sich nunmehr seit einigen Jahren mit dem drögen Bodensatz der ländlichen Kriminalität beschäftigen. Ein schwarzer Reiter auf seiner Personalakte verhinderte jede weitere Entwicklung.

Als Leiter des Polizeipostens Eulendorf war er mittlerweile im achten Jahr Vorgesetzter eines intellektuell eher unauffälligen Polizeiobermeisters namens Walter Bechtele. Obermeister Bechtele war dermaßen einfach strukturiert, dass man mit ihm noch nicht einmal *good cop – bad cop* spielen konnte. Allerhöchstens war die Variante *good cop – stupid cop* möglich. Oder eben – je nach Bedarf – auch mal *bad cop – stupid cop*. Zu mehr war Bechtele leider nicht fähig. Wenn der synaptische Spalt nun mal breiter als einen halben Zentimeter war, tat man sich sehr schwer mit dem Nachdenken und Kombinieren.

Weidenmann seinerseits gab einen ganz hervorragenden *bad cop* ab. Seit neuestem hatte man ihm noch zusätzlich eine Polizeimeisterin zur Ausbildung anvertraut. Margot Diersmann, eine überaus nervtötende Person, die immer alles ganz genau wissen wollte, immer alles ganz genau hinterfragte und zu allem auch noch eine ganz eigene Meinung hatte. Und die nie die Klappe halten konnte. Noch dazu kam sie irgendwo aus dem hohen Norden und sprach so überbetont Hochdeutsch, dass sie hier in Oberschwaben kaum verstanden wurde. Beziehungsweise wollte man sie auch nicht wirklich verstehen. Und das hieß sogar in Oberschwaben schon etwas, wo man doch im Allgemeinen ganz nett zu Auswärtigen war. Abgesehen davon war sie allerdings blitzgescheit, mittelgroß, schlank, blond und ziemlich hübsch. Also außerordentlich hübsch.

Weidenmanns dienstlicher Verantwortungsbereich erstreckte sich auf die Stadt Eulendorf und die eingemeindeten Käffer rundherum. Hier passierte in der Regel nichts. Rein gar nichts. Jedenfalls nichts auch nur ansatzweise Spannendes. Verkehrsdelikte, Nachbarschaftsstreitigkeiten, häusliche Gewalt, ab und zu ein kleiner Einbruch oder Raub und ein wenig Sachbeschädigung und Vandalismus dann und wann. Das war's auch schon. Das war quasi sein Reich, sein Leben. Und das wahrscheinlich auch noch bis zur wohlverdienten Pensionierung. Dabei war Weidenmann ja erst einundvierzig. Natürlich geschieden, wie alle abgehalfterten Polizisten. Keine Kinder. Dafür hatte er einen rabenschwarzen Kater, den er *Herr Präsident* nannte. Klar, in Anlehnung an den allererhabensten Herrn Polizeipräsidenten. Konsequent siezte er natürlich seinen flauschigen Haustiger.

Was hätte nicht alles aus ihm werden können. Vielleicht sogar wirklich einmal Polizeipräsident. Abitur mit 1,8. Eintritt in die gehobene Laufbahn des Polizeivollzugsdienstes des Landes Baden-Württemberg. Das wollte er schon als kleiner Junge. Polizist werden, böse Verbrecher jagen und für immer dingfest machen. Abschluss der polizeifachlichen Ausbildung als Zweitbester seines Jahrgangs. Studium zum Verwaltungsfachwirt mit 1,6 abgeschlossen. Auch unter den ersten fünf seines Jahrganges. Hoffnungsvolle Anschlussverwendung bei der Polizeidirektion Stuttgart. Und dann kam die Faust. Ansatzlos und kurz verwandelt. Weidenmann war auch bei der Nahkampfausbildung immer schon einer der Besten gewesen. Sein Vorgesetzter hatte ihn provoziert. Übel provoziert. Ihn persönlich angegriffen. Unter der Gürtellinie. Irgendwie hatten sich die beiden nie richtig verstanden. Vom ersten Augenblick an. Weidenmann hielt seinen damaligen Boss für einen öden Tintenpisser, Sesselpupser und schmierigen Schreibtischtäter. Sein Boss hielt ihn für einen unfähigen

Grünschnabel, Besserwisser und Emporkömmling. Sein Vater und sein Großvater waren beide schon Polizeidirektoren gewesen. Weidenmanns Vater war einfacher Fabrikarbeiter und sein Großvater war im Krieg gefallen. An der Ostfront. Immerhin als Obergefreiter mit Verwundetenabzeichen. Die Chemie zwischen den beiden stimmte einfach nicht, und wenn bei chemischen Prozessen der richtige Katalysator dazu kommt, dann kracht's halt auch mal ordentlich. So war das auch in diesem Fall gewesen, bei dem Weidenmanns Chef leitender Ermittler war. Er hatte ihm einen eindeutigen dienstlichen Auftrag erteilt, der streng nach Vorschrift ausgeführt werden sollte. Dabei war allerdings von vorne herein absehbar, dass mit dieser bürokratischen Vorgehensweise nichts, aber auch gar nichts dabei herauskommen würde. Mit einem klein wenig „Gefahr im Verzug" und dem Nachreichen richterlicher Beschlüsse hätten die Verdächtigen keine Zeit mehr gehabt, die entscheidenden Beweise verschwinden zu lassen. Weidenmann hatte das angemerkt und wurde dafür mit einem Rüffel erster Güte belohnt. Gesetzestreue, Rechtsstaatlichkeit, Verfahrensabläufe! Das waren die unumstößlichen Pfeiler ordentlicher Polizeiarbeit. Und wenn so ein dahergelaufenes Proletensöhnchen das besser wüsste, dann möge es doch gefälligst seinen Dienst in Bananistan versehen. Aber nicht hier in Stuttgart. Weidenmann hatte geschluckt und dann aber doch ein wenig unorthodox und gegen die Anweisungen seines Vorgesetzten ermittelt. Und das mit durchschlagendem Erfolg. Die entscheidenden Beweise wurden gesichert und die Verhaftungen standen unmittelbar bevor. Niemand hätte etwas zu beanstanden gehabt. Wenn nicht sein Vorgesetzter gegenüber der Staatsanwaltschaft alles hätte auffliegen lassen. Alle Beweise wertlos, keine Verhaftungen, keine

Verfahren. Weidenmann konnte sich das nur so erklären, dass sein Boss gar kein wirkliches Interesse an einer Aufklärung des Falles und an der Verhaftung der Verdächtigen hatte. Und dass der Grund dafür möglicherweise im doch nicht so lauteren Charakter seines Vorgesetzten lag. Bestechlichkeit in Amt war eine üble Anschuldigung, aber Weidenmann konnte sich nicht mehr zurückhalten und warf seinem Vorgesetzten in einer hitzigen Auseinandersetzung diesen Verdacht an den Kopf, worauf dieser ihn als Nestbeschmutzer, Stümper und tumben Rambo-Ermittler bezeichnete. Und außerdem die Prognose stellte, dass er es im Polizeidienst nicht mehr weit bringen würde. Dafür würde er schon sorgen. Fabrikarbeitersöhnchen könnten bestenfalls Strafzettel für Falschparker verteilen, aber für die richtige, wahre Polizeiarbeit fehle es halt doch am nötigen Intellekt. Der Apfel fiele ja bekanntlich nicht weit vom Birnbaum. Und zack, schon lag Weidenmanns Vorgesetzter mit heftig blutender Nase laut keuchend am Boden. Kurz vorher war dieses unverwechselbare Knackgeräusch zu hören gewesen, das entsteht, wenn ein Nasenbein bricht.

Das war jetzt 18 Jahre her, und irgendwie hatte die Prognose des Vorgesetzten dann doch zugetroffen. Erst ein öder Abschiebeposten in der Polizeiverwaltung, dann ein Sackgassenjob im Innendienst und vor acht Jahren die Versetzung in die Provinz, nach Eulendorf. Damit war jegliche weitere Beförderung quasi ausgeschlossen und sein Schicksal besiegelt. Mittlerweile hatte Weidenmann sich damit bestens abgefunden. Er hatte sich gut in das kleine, liebenswerte Städtchen integriert, keiner wusste, warum er hierher versetzt worden war, und er hatte seine heilige Ruhe. Geregelte Dienstzeiten, pünktlich Feierabend und ausreichend Zeit für sein großes Hobby: Kriminalgeschichten aus aller Welt. Weidenmann interessierte sich allerdings nicht für Romane und Fiktionen, sondern ausschließlich für echte Fälle. Was es im beschaulichen Oberschwaben nicht gab, das holte er sich aus dem Internet ins heimische Wohnzimmer. Amokläufe aus den USA, Menschenhandel auf dem Balkan, Drogenkriege aus Südamerika, Zwangsprostitution in den ehemaligen Ostblockstaaten und Raubüberfälle in Europa. Sein absolutes Fable allerdings war: Mord! Fieser, gemeiner, niederträchtiger Mord aus niederen, ach was, aus niedersten Beweggründen. Über diverse, teilweise nicht ganz öffentliche Kanäle verfolgte er die großen und kleinen Mordfälle rund um den Globus. Das war der Ausgleich zu seiner faden Aufgabe in der langweiligen, verschlafenen Kleinstadt.

Weidenmann zog an seiner Zigarette, blies eine dicke Rauchwolke in das hinterwäldlerisch eingerichtete Dienstzimmer und legte die Füße gemütlich auf den Schreibtisch. Rauchen war natürlich in öffentlichen Gebäuden verboten und sein Dienstzimmer, so wie der gesamte Polizeiposten, war selbstverständlich ein öffentlicher Raum. Aber er war hier der Chef, also wurde hier auch geraucht. Bechtele hätte nie im Leben gewagt etwas gegen den Nikotinkonsum seines Vorgesetzten zu sagen, obwohl er selbst Nichtraucher war. Und die Neue sollte nur einmal den Mund aufmachen, dann würde sie zuerst alle Akten der vergangenen acht Jahre fein säuberlich sortieren und anschließend gepflegt Dauerstreife laufen.

Weidenmann war noch alleine auf der Dienststelle. Er kam immer früher, kochte sich einen starken Kaffee und genoss die Stille. *Herr Präsident* hatte die üble Angewohnheit, ihn frühmorgens so gegen fünf Uhr durch lautes Miauen zu wecken, und danach konnte er einfach nicht mehr einschlafen. Also stand er auf, machte sich gemütlich fertig und marschierte ins Büro, wo er seine heilige Ruhe hatte.

Um Punkt halb acht würde Bechtele zum Dienstbeginn erscheinen, wie immer mit einer großen Papiertüte bewaffnet, in der er Brezeln und Seelen anschleppte, die ihm als Tagesration dienten. Seelen sind äußerst schmackhafte schwäbische Mini-Baguettes, die normalerweise mit Dinkelmehr gebacken werden. Im Kühlschrank hortete er Käse und Wurst, Gewürzgurken und Senf. Weidenmann hatte Bechtele noch nie etwas anderes essen sehen, als das. Seit acht Jahren. Keinen Apfel, keine Banane, keinen Joghurt, kein nichts. Brezeln, Seelen, Wurst, Käse, Gurken und Senf. Tagein, tagaus. So sah er dann auch aus, der Polizeiobermeister. Eine echte Kampfkugel mit nicht unerheblichem Lebendgewicht. Aber der äußere Eindruck täuschte. Auch wenn Bechtele deutliches Übergewicht hatte, war er ziemlich flink, beweglich und ausdauernd. Das waren seine guten Eigenschaften. Leider auch die einzigen für den Polizeidienst verwertbaren.

Etwas später würde Fräulein Diersmann eintreffen, da sie mit dem Zug um 07:36 Uhr aus Biberach kam. Sie würde nach ihrem Eintreffen etwa zwanzig Minuten lang unaufgefordert und ununterbrochen über Alles und Nichts berichten. Was ihr im Zug widerfahren war, was sie gestern in den Nachrichten gehört hatte und unbedingt kommentieren musste, was ihre Freundin am Wochenende erlebt hatte, was in der Zeitung stand und was sie von der neuesten Mode hielt. Plus Kommentare zu Stars und Prominenten, Politik, Gesellschaft, Sport, Kultur und Religion. Oder kurz gesagt: zu allem! Schlimm war, dass ihr überspitztes Hochdeutsch ungefähr die Hälfte des Gesagten für den normalen Durchschnittsschwaben unverstehbar machte, und dass ihre ganz normale Stimmlage irgendwo oberhalb des zweigestrichenen C's lag. Die Frau war die reine Folter. Absoluter Psychoterror. Kein Wunder, dass sie zu ihm nach Eulendorf versetzt worden war, dachte Weidenmann und blies eine weitere dicke Rauchwolke unter die Decke. Die Batterien aus dem Rauchmelder hatte er vorsichtshalber entfernt und in seine private TV-Fernbedienung zu Hause eingebaut. Eine wesentlich sinnvollere Verwendung, wie er fand.

07:21 Uhr.

Das Telefon klingelte. Offiziell war der Polizeiposten noch geschlossen. Wenn Weidenmann jetzt nicht ranging, würde nach dreimaligem Klingeln das Gespräch zur Polizeidirektion Ravensburg weitergeleitet werden, wo rund um die Uhr ein heldenmütiger Freund und Helfer erreichbar war. Der konnte sich dann mit der entlaufenen Katze, den lärmenden Nachbarn oder der üblen Sachbeschädigung am heimischen Gartentürchen beschäftigen. Neulich hatte eine ältere Dame angerufen und vehement die Verhaftung ihrer hochkriminellen Nachbarin gefordert, weil diese die Kehrwoche nicht eingehalten hatte. In Oberschwaben war das ein mittelschweres Kapitalverbrechen. Früher wäre man dafür sicher geviertelt worden. Aber was soll's, Weidenmann ging ans Telefon.
„Polizeiposten Eulendorf, Oberkommissar Weidenmann!"

Stille. Das berühmte Rauschen in der Leitung.

„Hallo, wer ist denn da? Melden Sie sich!"

„Sie müsset sofort komme. Eggschdroß. Nummero acht. Sofort! Es isch arg dringend!"

„Wer spricht denn da?"

Klick. Aufgelegt. Mist! Anonyme Anrufe waren immer besonders doof. Lektion eins auf der Polizeischule. Wer etwas zu verbergen hatte, verriet seinen Namen nur ungern. Und das bedeutete leider immer Zusatzärger. Aber jetzt war er ja nun mal drangegangen. Eggstraße Hausnummer acht. Das war direkt in der Innenstadt, unweit vom altehrwürdigen Schloss der hochherrschaftlichen Grafen zu Königseck-Eulendorf. Quasi gleich um die Ecke. Eigentlich mehr ein Gässchen als eine Straße. Gut bürgerliche Wohngegend, nichts wirklich Berühmtes, aber eben auch kein Russen-Slum und keine Assi-Ecke. Eine ganz solide Straße für Otto-Normalbürger, seine Frau, die zwei Kinder und den Hund. Ansonsten konnte Weidenmann nichts über die Adresse aus seinem ansonsten äußerst umfangreichen Gedächtnis abrufen.

07:23 Uhr.

Jetzt konnte er noch sieben Minuten auf Bechtele warten, oder sich sofort auf den Weg machen. Nächstes Mal würde er einfach das Ohr zugedrückt halten und warten, bis ein Kollege aus Ravensburg abnahm. Dann hatten die den Salat an der Backe. Weidenmann entschloss sich für Warten. Außerdem musste er ja sowieso noch seine ganzen Sachen zusammenpacken, die Schuhe zubinden und die Hose wieder schließen, die er aus Bequemlichkeitsgründen leicht gelockert hatte. Obwohl er ja eher schlank, fast schon schlaksig war. Aber diese

Uniformhosen waren halt so saublöd geschnitten. So, jetzt noch den Autoschlüssel vom Haken nehmen, die Papiere unter den Arm klemmen und dann konnte er Bechtele schon draußen beim Wagen erwarten. Selbstverständlich würde er mit Blaulicht und Martinshorn fahren. Schließlich war das ja ein richtiger Polizeieinsatz. Und die braven Bürger seines Kleinstädtchens sollten schon hören, wenn ihr heldenhafter Sheriff unterwegs war um Sicherheit, Recht und Ordnung zu gewährleisten.

Um 07:29 Uhr konnte Weidenmann die füllige Gestalt Bechteles auf der Zielgeraden vor dem Polizeiposten ausmachen. Wie immer mit einer Tüte der Bäckerei Winner in der Hand. Sie würde ihn durch den Tag bringen. Weidenmann hob die Hand nach Verkehrspolizistenmanier und bedeutete Bechtele mit raschem Auf und Ab, sich in eine schnellere Gangart zu begeben. Dieser guckte zunächst nur verdutzt, fiel dann aber in einen lockeren Trab, der sich durch weitere Handzeichen Weidenmanns in einen wahren Sprint steigerte. Dreißig Sekunden später blieb er laut schnaufend vor seinem Vorgesetzten stehen.

„Scheff, wa isch'n au los?"

„Einsatz, Bechtele. Ab in den Wagen. Es gibt Arbeit!"

„Abr i hänn doch ..."

„Frühstück fällt heute aus! Die Pflicht ruft! Einsteigen! Los geht's, Bechtele!"

Damit klemmte sich Weidenmann hinter das abgegriffene Lenkrad des alten Volkswagens, ließ den Motor kurz aufheulen und fuhr mit quietschenden Reifen, Sirene und Blaulicht los, kaum dass Bechtele neben ihm auf den Sitz geplumpst war.

„Scheff, wo gaht's na?"

„Eggstraße acht. Ein anonymer Anruf."

„Eggschdroß, ha des isch doch glei do hanne."

„Ich weiß. Wir zeigen dem Bürger nur, dass wir immer mit vollem Einsatz unterwegs sind. Und dazu muss man ab und zu ein wenig auf sich aufmerksam machen.", erläuterte Weidenmann und bog auch schon in die Eggstraße ein, die wirklich gewissermaßen um die Ecke lag.

„Na, also das nenn ich mal Geschwindigkeit! In weniger als zwei Minuten am Einsatzort!"

Mit diesen Worten trat Weidenmann so dermaßen auf die Bremse, dass der alte VW genau vor der Hausnummer acht laut quietschend zum Stehen kam und Bechtele ruckartig in Richtung Frontscheibe katapultiert wurde.

„Nummer acht. Kennen sie das Haus, Bechtele?"

„I moin, des schdeht läär."

„Aha! Eine Räuberhöhle also. Los, Bechtele, sofort aussteigen, klingeln! Vorwärts Marsch!"

Auf mehrfaches Klingeln und auch lautstarkes Klopfen tat sich jedoch nichts. Es befand sich auch kein Namensschild an der Klingel und der Briefkasten war mit alten Werbeblättchen und buntem Reklamezeugs komplett vollgestopft.

„Ha, i glaub do wohnt koiner mehr!", war Bechteles messerscharfe Schlussfolgerung.

„Riechen sie das, Bechtele?", fragte der Kommissar mit weit aufgeblähten Nüstern, die die Luft wie ein Staubsauger einatmeten.

„Bissele faulig, odr?"

„Kommen sie mit, Bechtele!", befahl Weidenmann und ging links am Haus entlang zur Einfahrt. Durch die Milchglasscheiben der alten Tür, die vermutlich zu einem Waschkeller führte, konnte man nicht viel erkennen. Die Tür war abgeschlossen.

„Aufbrechen, Bechtele. Vorwärts marsch! Gefahr im Verzug!"

„Sollet ma ned liebr en Schlossr hole?"

„Nur zu, Bechtele, einmal kurz mit der Schulter, und wir können uns und dem Steuerzahler den Schlosser ersparen. Auf geht's!"

Bechtele nickte und rumpelte leicht unmotiviert gegen die Tür. Diese war allerdings doch etwas stabiler, als ihr Alter und ihre Optik auf den ersten Blick erahnen ließen. Sie rührte sich nicht. Also nochmal und zwar mit ordentlich Caramba. Bechtele bat seinen Chef seine Mütze zu halten, nahm fünf Schritte Anlauf und rumste ein zweites Mal gegen das Holzhindernis. Diesmal mit grandiosem Erfolg. Vielleicht allerdings mit etwas zu viel Erfolg. Bechtele durchschlug die Tür mit der Wucht eines Parabellum-Geschoßes, die alten Scheiben splitterten, der Rahmen krachte und das obere Scharnier brach aus der Mauer. Vom Schwung getragen stolperte Bechtele in den Raum, rutsche auf etwas Glitschigem aus und schlug der Länge nach auf den Boden. Außerdem war er während des Fallens an etwas gestoßen, was jetzt irgendwie über ihm pendelte und ihn an der Seite anschubste. Und sein Chef hatte recht gehabt. Es stank hier ganz fürchterlich. Und der ganze Boden war klebrig-feucht. Und an mehr konnte Bechtele dann auch nicht mehr denken. Er blickte mit schreckgeweiteten Augen auf die über ihm hängende Gestalt. Und dann reichte es für ihn gerade noch, um sich allerheftigst zu übergeben.

20

„Bechtele! Oh mein Gott!", das war alles, was Weidenmann sagen konnte, als er einen Blick in den Raum geworfen hatte. Bechtele lag vollkommen verschmutzt in einer riesigen Lache aus geronnenem Blut, würgte an seinem eigenen Erbrochenen und über ihm hing eine Leiche mit dem Kopf nach unten. Sie schwang sanft hin und her und die ausgestreckte Hand berührte bei diesen langsamen Pendelbewegungen immer wieder den armen, am Boden liegenden Polizeiobermeister. Der hatte jetzt das ganze Ausmaß seiner Situation erkannt und fing an zu schreien. Keine Worte, keine Sätze, einfach nur Schreie. Wie in Panik geraten, versuchte er in der breiig-braunen Masse aufzustehen, rutsche ein paarmal weg und stürmte schließlich, als er es geschafft hatte, wie der Blitz an seinem Chef vorbei ins Freie. Dort stützte er sich wild schnaufend mit einer Hand an die gegenüberliegende Hauswand, beugte sich nach vorne und erbrach sich erneut. Erneut sehr heftig.

Weidenmann starrte in den Raum des Geschehens. DNA-Spuren konnte man hier erst mal vergessen. Bechteles frisch Erbrochenes hatte das geronnene Blut teilweise schon wieder aufgeweicht. Eine widerliche Kombination war das, auch rein olfaktorisch. Die Leiche pendelte weiterhin sanft und die ausgestreckten Hände schwebten in leichten Bewegungen zwei Zentimeter über dem Boden. Ansonsten war nichts zu erkennen. Keine Fußspuren außer denen seines Untergebenen. Auf den ersten Blick keine sonstigen Hinterlassenschaften der Täter. Nur ein paar unregelmäßige Blutspritzer an der Wand.

„Also dann, das volle Programm", dachte sich Weidenmann „Mordkommission, Spurensicherung, Gerichtsmedizin." Er griff zum Telefon und rief in Ravensburg an. In einer halben Stunde konnte die ganze Meute hier sein. Bis dahin galt es, den Tatort abzusichern. Und mal nach Bechtele zu schauen. Vorher rief er noch seine eigene Dienststellennummer in Eulendorf an. Fräulein Diersmann musste ja inzwischen bereits eingetroffen sein.

„Hier Polizeiposten Eulendorf, Polizeimeisterin zur Ausbildung Diersmann am Apparat."

„Fräulein Diersmann, hier ist Weidenmann. Wir sind hier bei einem Einsatz, und es ist immens wichtig, dass sie die Stellung halten. Also einfach auf das Telefon aufpassen und nicht vom Fleck rühren. Ich melde mich dann bei ihnen."

„Frau Diersmann!"

„Wie bitte?"

„Ich bin kein Fräulein! Wann lernen sie das endlich mal?"

Für Weidenmann waren unverheiratete Frauen irgendwie immer noch *Fräuleins*. Er wusste auch gar nicht, was daran so schlimm sein sollte. Das klang doch sehr nett. Da gab es wenigstens keine blöden Verwechselungen. Außerdem war man hier in Oberschwaben eher konservativ. Er konnte ja nichts dafür, dass sie von der Küste war.

„Jaja, *Frau* Diersmann! Und jetzt machen sie bitte ein möglichst diensteifriges Gesicht und bleiben sie auf ihrem Posten! Ende!"

Damit legte er auf. Immer dieses Getue. Früher gab's das nicht. Da gab es auch noch keine Frauen bei der Polizei. Also, nicht, dass Weidenmann etwas gegen Frauen bei der Polizei hatte. Aber er hatte es halt generell nicht so mit Frauen und ihren ständigen Befindlichkeiten. So, Bechtele, was machte der denn nun eigentlich?

Polizeiobermeister Bechtele lehnte noch immer an der blass-weißen Hauswand, die allerdings eine wesentlich gesündere Farbe hatte, als er selbst. Sein Atem ging schon wieder etwas regelmäßiger, aber seine Augen hatten einen irren Blick.

„Bechtele, alles klar mit ihnen?"

„Scheff ... do drinne ..."

Mehr konnte er scheinbar nicht sagen. Er deutete mit der freien Hand zur Tür, oder zu dem, was von ihr übrig war.

„Bechtele, sie sind einfach nur in eine Blutlache getreten, ausgerutscht und haben eine Leiche berührt. Das ist doch nicht so schlimm. Holen sie mal das Flatterband aus dem Wagen und sperren sie die Straße ab."

„Diese Jugend!" dachte Weidenmann, obwohl Bechtele einige Jahre älter war, als er. Ein bisschen Blut und eine harmlose Leiche und schon machte sie schlapp. Aber was will man heutzutage erwarten? Eigentlich müsste das in die Ausbildung an der Polizeischule. Mal eine noch lauwarme menschliche Leber in der Hand halten, mit dem nackten Finger im halbgeronnenen Blut rumrühren und ein wenig Körperkuschelkontakt zum toten Objekt aufnehmen. Dann entstünde auch mehr Nähe und Empathie und vor allem der innere Wille, den Fall aufzuklären. Weil man selbst betroffen war. Weidenmann versetzte sich immer in die Rolle des Bruders oder Freundes des Opfers. Also nicht in Eulendorf, wenn er eine Sachbeschädigung aufklärte oder eine Wirtshausrangelei beendete. Aber bei seinen internationalen Kriminalfällen, die er beobachtete und begleitete. Damit er Nähe und Wahrhaftigkeit entwickelte. Das mit der professionellen Distanz hielt er alles für kompletten Müll. Vollkommenen Schwachsinn! Zu abgeklärt, zu emotionslos, zu entrückt. So löst man keine Fälle. Wirklich gute Kriminalisten sind immer involviert, haben ein echtes, inneres Interesse an der Aufklärung und verfolgen unnachgiebig jede interessante Spur, wenn sie auch noch so winzig ist. Erbarmungslos, gründlich, und ohne Rücksicht. So wie ein mittelalterlicher Recke, der seinen getöteten Bruder rächt.

Aber man konnte ja mittlerweile schon froh sein, wenn sich überhaupt noch jemand für den Dienst am Bürger meldete. Weidenmann zündete sich eine Zigarette an. Mehr gab es nicht zu tun, bis die Kollegen aus Ravensburg eingetroffen waren. Das mit der Tür und der Kotze war schon schlimm genug. Also abwarten. Gut, dass Bechtele beschäftigt war und nichts weiter anstellen konnte.

2

Das war natürlich eine grobe Fehleinschätzung Weidenmanns. Zwar war Bechtele tatsächlich mit dem Absperren der
Straße beschäftigt, aber die Lalülala-Nummer von gerade
eben hatte ihre Wirkung im Kleinstädtchen hinterlassen. Ein
paar Schaulustige (Was für ein skurriles Wort. Weidenmann
nannte sie immer *the lookfunnies*. Das war ein weiteres
Hobby von ihm: Word-by-word-translation) hatten sich bereits in der Eggstraße versammelt. Das allein wäre nicht besonders schlimm gewesen, denn Bechtele war mittlerweile
wieder Herr seiner Sinne und, wenn es eines gab, das er wirklich gut konnte, so war das einen Einsatzort absichern. Unter
den neugierigen Glotzern befand sich allerdings auch Karl
Neusch, ein schmieriger Lokalredakteur der ortsansässigen
Zeitung. Neusch war auf einem Auge fast blind, hinkte wie
Quasimodo, aber er war ein echter Fuchs, wenn es um das
Aufspüren von heißen Neuigkeiten ging. Und hier war irgendetwas besonders heiß. Schließlich war Blaulicht im Einsatz,
und jetzt wurde auch noch die Straße abgesperrt.

„Bechtele, he, was ist denn da los?", schrie er über die Absperrung hinweg, „Sie sind ja ganz dreckig!"

„Oisatzspure!", schnaufte Bechtele.

„Sieht verdammt nach getrocknetem Blut aus. Hat da jemand illegal geschlachtet?"

„Wieso gschlachtet? Wie moinet sie des?"

„Na, das ist doch ein altes Judenhaus, das sie da absperren.
Mit so einem Dingens da, äh, Schächtkeller. Wo damals koscher geschlachtet wurde, früher halt, vorm Krieg."

Bechtele blieb wie erstarrt stehen.

„Gschächdet?"

„Ja, so Gurgel durchschneiden und dann ausbluten lassen. Wie das die Juden halt machen."

Bechtele drehte sich auf dem Absatz um und rannte wie der Blitz in Richtung Einfahrt.

„Scheff, Scheff!", plärrte er, als er Weidenmann nicht gleich sehen konnte. Der stand um die Ecke und betrachtete den verwahrlosten Hof des Hauses. Hier hatte es wohl mal eine Sitzbank und einen kleinen Vogelbrunnen gegeben. Und einen Apfelbaum. Letzterer war abgesägt worden, die Bank war durchgebrochen und der Brunnen gebrochen. Schade, war bestimmt mal sehr gemütlich hier, dachte sich Weidenmann. Dann kam Bechtele um die Kurve.

„Scheff, des isch e aldes Judehaus, middeme Schächtraum!"

Das hatte Weidenmann mittlerweile auch erkannt. Es gab nicht mehr viele Spuren jüdischen Lebens in Eulendorf und die meisten lagen im Verborgenen. So wie dieses von außen unscheinbare Haus, das dieses alte, kleine Geheimnis barg. Früher hatte es hier wohl eine lebhafte Gemeinde gegeben, deren Spuren aber heute vergessen waren.

Während Weidenmann und Bechtele sich noch im Hinterhof aufhielten, war es Neusch gelungen, einen Blick auf und durch die zerbrochene Tür zu werfen. Auch ihn schockte der Anblick der geschächteten Leiche, aber nicht so sehr, dass er seine journalistische Aufgabe vergaß. Das hier würde ihn wieder an die Spitze der Sensationsreporter im Ländle katapultieren, da war er ganz sicher. Sein Handy hatte eine besonders hochauflösende Kamera mit einem guten Zoom, der jetzt zum Einsatz kam. Noch ehe Weidenmann wieder um die Ecke kam und ihn anbrüllte, was er hier zu suchen habe, waren mindestens zehn blutrünstige Aufnahmen im Kasten.

„Neusch, verschwinden sie hier! Abmarsch, aber sofort! Das ist ein Tatort! Haben sie denn die Absperrung nicht gesehen?"

„Welche Absperrung?", grinste Neusch und deutete auf das weiter hinten im Wind flatternde Trassierband, das er natürlich selbst ein wenig „gelockert" hatte.

„Ziehen sie Leine, aber flott!"

„Aber, aber, Herr Kommissar. Denken sie doch bitte an die Pressefreiheit!"

„Für sie erstens immer noch Herr Polizeioberkommissar, und zweitens nehme ich mir gleich die Freiheit und presse ihnen die Nase hier mit Nachdruck an die Hauswand. Abflug, aber dalli!"

Neusch lächelte und trat den Rückzug an. Er hatte, was er wollte. Und morgen stand sein Artikel auf der Titelseite. Das war schon mal sicher.

„Bechtele! Ich hab doch gesagt: Absperren!"

„Ja, abr i wollt doch …"

„Bechtele, dieser Schreiberling hat Bilder gemacht. Wissen sie, was das bedeutet?"

„Des isch morge in dr Zeidung."

„Und wer, so raten sie mal, findet das nicht besonders lustig?"

„Äh, sie?"

„Ja genau, ich! Und der Staatsanwalt, der Leitende Direktor, der Polizeipräsident und der liebe Gott! Mann, Bechtele, ein ganz einfacher Auftrag, die Einfahrt absperren, einfach nur absperren ..."

Länger ging das Gespräch nicht, denn mit gebotenem Getöse und quietschenden Reifen kam die Mordkommission aus Ravensburg angerauscht und blockierte alsbald mit drei Fahrzeugen die gesamte Eggstraße. Als erster stieg Kriminalhauptkommissar Felix Lang aus, der Leiter der Kommission. Er war jetzt der König aller Reußen hier vor Ort und gab auch gleich lautstarke Anweisungen in alle Richtungen. Die beiden Streifenhörnchen, die er mitgebracht hatte, wurden sofort zur Vernehmung der Schaulustigen abkommandiert. Sein Assistent, Kommissar Schweiger wurde mit der inneren Absicherung des Tatorts beauftragt. Um den Rest brauchte er sich nicht zu kümmern. Die vier Mann der Spusi unter Oberspurensicherer Kaltscheurer wussten, was sie zu tun hatten und gingen an ihre Arbeit. Ebenso wie die Gerichtsmedizinerin Frau Dr. Ficht und ihr zwei Meter zwei großer Assistent Waschitzky. Ficht maß knapp eins fünfundfünfzig und so gaben die beiden ein sehr ungleiches Pärchen ab. Zumal Ficht etwa genauso viel wog wie ihr Hiwi. Sie war halt ein wenig untergroß. Diesen Begriff zog sie der Bezeichnung „übergewichtig" unbedingt vor.

„Das ist ja eine verdammte Riesensauerei! Also alles, was Recht ist!", wandte sich Lang mit einem Blick durch die geborstene Tür an Weidenmann, „Na Gott sei Dank brauchst du dir jetzt nicht mehr deinen wohlgeformten Quadratschädel zu zerbrechen."

„Wieso das denn?", fragte Weidenmann.

„Manfred, du kennst doch das Spielchen. Falschparken – Polizeiposten Eulendorf, Mord – Mordkommission Ravensburg. Ich übernehme ab jetzt den Fall. Hier sind ja jede Menge Spuren, was, Kaltscheurer? Hat sich der Tote noch übergeben, oder was ist das da für ein Brei?"

„Öh nein, das war der Bechtele, mein Mitarbeiter."

„Was?", entfuhr es Lang „Bechtele? Der hat ja den ganzen Tatort total verhunzt!" Lang kochte.

„Wir mussten die Tür aufbrechen. Bechtele war etwas zu schwungvoll und ist dann ungeschickt im Blut ausgerutscht. Dabei ist er an die Leiche gerumpelt und als er das realisiert hatte, da hat er sich halt übergeben müssen. Ist ja auch nicht wirklich schön, so etwas."

„Ich werd' wahnsinnig! Da kann die Spusi ja gleich wieder einpacken. Alles verwischt und vollgekotzt! Das gibt's doch gar nicht. Wieso hast du denn überhaupt diese verschissene Tür aufgebrochen?"

„Gefahr im Verzug!"

„Welche Gefahr denn? Hat's etwa gebrannt? Wurden Geiseln festgehalten? Hat der Tote noch geschrien? Mann, Manfred, schon mal was vom Schlosser gehört? Der nette Mann mit dem Dietrich?"

Da hatte Lang recht. Das wäre natürlich die absolut korrekte Vorgehensweise gewesen. Aber eben auch die bei weitem langweiligste. Außerdem sollte sich Lang mal nicht so anstellten. Ohne ihn wäre er sicherlich nicht da, wo er jetzt war. Die beiden kannten sich schon lange und Weidenmann hatte ihn ein paarmal in heiklen Situationen gedeckt, als sie noch zusammen in Stuttgart Dienst taten. Als Lang noch sein untergebener Mitarbeiter war. Lang war nämlich ganze vier Jahre jünger als er. Und jetzt stand er im Dienstgrad über ihm: Polizeihauptkommissar.

„Bechtele hat's ein wenig übertrieben. Aber seine DNA lässt sich ja wunderbar isolieren, falls Kaltscheurer noch eine dritte neben der der Leiche findet. Ansonsten ist es halt so, wie es ist. Schreib's in deinen Bericht. Ich kann's jetzt auch nicht mehr ändern. Sorry!"

„Manfred, also manchmal weiß ich echt nicht …", Lang winkte ab.

„Geschächtet."

„Was?"

„Die Leiche wurde äußerst fachgerecht geschächtet. Koscher geschlachtet. Bei lebendigem Leib mit dem Kopf nach unten aufgehängt und dann mit einem sehr scharfen Messer *sssssst!*", Dr. Ficht machte mit der flachen Hand eine sehr eindeutige Bewegung quer über ihren Kehlkopf.

„Der Tote dürfte dann noch etwa zwei bis drei Minuten gelebt haben. Er ist ganz einfach verblutet. Komplett leergelaufen. Das war vor etwa zwölf Stunden. Männliche Leiche, etwa dreißig, sportlich, südländischer Typ, vielleicht Türke, Araber oder Ägypter. Näheres nach der Obduktion."

Das war scheinbar der erste und wichtigste Satz, den alle Gerichtsmediziner zu Beginn ihrer Ausbildung lernten. *Näheres nach der Obduktion.*

„Bei vollem Bewusstsein aufgehängt und dann einfach die Kehle durchgeschnitten?", fragte Lang ungläubig.

„Ja, so kann das Herz das Blut aus dem Körper pumpen bis keins mehr drin ist. Das gehört zu jüdischen und islamischen Speisevorschriften. Blut ist unrein. Koscher oder Halal ist von der rein handwerklichen Technik her recht ähnlich. Der religiöse Hintergrund ist natürlich ein vollkommen anderer. Und das hier ist ja wohl ein altes jüdisches Haus, oder?", ergänzte Waschitzky, der wie immer leicht den Kopf schräg hielt. Wahrscheinlich war er mit seiner Körpergröße nicht wirklich zufrieden.

„Scheiße!", brummte Weidenmann, „Dann ist das hier so eine Art Ritualmord?", fragte er zweifelnd in die Runde.

„Also es gibt eindeutig einfachere Methoden, einen etwa siebzig Kilo schweren Menschen umzubringen, als ihn an den Füßen aufzuhängen und dann zu schächten", stimmte Dr. Ficht zu.

„Da brat mir doch einer einen Storch! Und ein Einzeltäter kommt dann wohl auch nicht in Frage." war Weidenmanns nächste Schlussfolgerung.

„Kaltscheurer, schon was gefunden?", plärrte Lang in den Raum.

„Spaßvogel!", war die kurze, aber eindeutige Antwort. Kaltscheurer war das Faktotum der Polizeidirektion. Vermutlich war er bereits zur Zeit der Christenverfolgung in den Polizeidienst eingetreten und seit damals zum Papst der Spurensicherung avanciert. Er war eine Legende und konnte sich so gut wie alles erlauben. Und selbst wenn ihm der Leitende Polizeidirektor krumm kam, zuckte er nur mit den Schultern und ließ ihn einfach stehen.

„Eine Ahnung, wer der Tote ist?", insistierte Lang.

„Das ist die größte Sauerei, die ich je gesehen habe. Dieser Bechtele gehört gegrillt." Wenn Kaltscheurer einmal in Schwung war, konnte er stundenlang mit wachsender Begeisterung ein beliebiges Thema ins Unendliche ausbreiten.

„Alles verschmiert! Alles vollgekotzt! Die Tür komplett zertrümmert! Wo und wie soll ich denn da Spuren finden, hä? Nur gut, dass es nicht Winter ist, sonst hätten die Herren vielleicht noch ein kleines Lagerfeuerchen gemacht, um sich aufzuwärmen, oder was?"

„Der Tote!", wiederholte Lang.

„Nix", murrte Kaltscheurer, „keine Papiere, kein Schlüssel, kein Geld. Wie denn auch? Lang mal einem nackten Mann in die Tasche!"

Das stimmte natürlich. Die Leiche hing vollkommen nackt am Haken. Und sonst lag nichts in dem Raum, was Auskunft über sie hätte geben können.

„Ok, also, ihr macht hier eure Arbeit. Manfred, du findest mir bitte raus, wem das Haus gehört und was es dazu zu wissen gibt. Umfeldrecherche, du weißt Bescheid. Obduktionsbericht bekomme ich wann?", fragte er in Richtung des kleinen, weißen Kittels, der schon das Köfferchen zusammenpackte.

„Asap, wie immer."

„Geht's genauer?"

„Klar: Super-asap!"

„Danke", knurrte Lang. „Und die Spusi?"

„Vorgestern!", schnaubte Kaltscheurer, der schon wieder kurz davor war, eine weitere verbale Darstellung seines unbändigen Unmutes abzugeben.

So langsam löste sich die Versammlung wieder auf. Frau Dr. Fichtl verschwand mit ihrem Assi, Lang ließ die Streifenhörnchen noch zurück und machte sich ebenfalls mit seinem

Assistenten auf den Weg nach Ravensburg. Der Leichenwagen war bereits eingetroffen und sobald Kaltscheurer mit seinem Team fertig war, würden sie den leblosen Körper in die Gerichtsmedizin verfrachten. Weidenmann wollte nicht unbedingt Zeuge sein, wie die Leiche abgehängt wurde, beauftragte Bechtele die Stellung zu halten und machte sich zu Fuß auf den Weg zum Polizeiposten. Das konnte sich Lang abschminken. Von wegen Hintergrundrecherche und Umfeldgeschnüffel. Morde sind was für die Mordkommission. Pah! Klar würde er die Routinearbeit erledigen. Klar würde er die Fakten zusammentragen. Aber nicht nur als Handlanger-Hiwi. Er würde natürlich selbst ermitteln. Und er würde diesen schon Fall lösen. Und er würde es allen zeigen. Allen!

3

Als Weidenmann seine Wache betrat, hörte er schon, dass *Fräulein* Diersmann eifrig am Telefon diskutierte.

„Bitte haben sie Verständnis, dass ich ihnen bei laufenden Verfahren keinerlei Auskunft geben darf, … nein, … nein, … nein!"

So war's recht, immer freundlich, bürgernah und dennoch nichts nach Draußen geben. Als sie ihn erblickte, holte sie tief Luft und Weidenmann wusste schon, was jetzt kam: der Diersmann'sche Turbo-Wasserfall!

„Herr Weidenmann! Was ist denn nur passiert? Ich sitzt die ganze Zeit hier wie Falschgeld, das Telefon hört nicht auf zu läuten, alle fragen mich nach dem Blutmörder oder dem Schlächter von Eulendorf, die Presse ruft dauernd an, der Bürgermeister hat auch schon nach ihnen gefragt, und ich sitz hier rum wie doof! Sie müssen mich schon ein wenig informieren, was da los ist. Ich kann ja immer nur abwiegeln und weiß von gar nichts. Der Informationsfluss innerhalb der Dienststelle ist immens wichtig, auch für die Außenwirkung der Polizeiarbeit!"

Das alles hatte sie in gefühlten fünf Sekunden gesagt. Aber wieso war denn schon dermaßen die Hölle los? Neusch hatte zwar die Bilder gemacht und er würde bestimmt auch eine blutrünstige Horror-Story schreiben, aber das war ja noch nicht mal eine Stunde her. Warum zu Teufel gab es denn schon so einen Aufruhr?

„Hier in den Online-News steht eine Vorab-Info von diesem schmierigen Neusch: ‚Blutiger Ritualmord in Eulendorf! Der neue Tempel des Todes mitten in Oberschwaben! Grausame Schächtung an Menschen nach jüdischem Brauch vollzogen.‘ Und dann noch die Bilder. Gruselig! Sie werden auch erwähnt: ‚Kommissar Weidenmann tappt völlig im Dunkeln!‘ Und dann schreibt er noch von Behinderung der Pressearbeit und möglichen rassistischen Hintergründen. Also so ein unverschämter …“

„Dann wissen sie ja doch schon alles. Sogar schon mehr als ich. So, Arbeit! Rausfinden, wem das Haus Eggstraße 8 gehört, und was es noch dazu zu wissen gibt. Überhaupt, jüdische Familien in Eulendorf, wie, wo, was? Und Schächten. Finden sie raus, was es damit auf sich hat. Und ich werd‘ gleich mal zum Bürgermeister marschieren. Scheinbar ist er ja sehr an einer Audienz interessiert, der aufgeblasene Sack.“

Aha, Online-News also. Dieses Scheiß-Computerzeug! Weidenmann hasste Computer. Er hatte einen Notizblock und einen Bleistift. Punkt. Zwar musste er zugeben, dass es schon erstaunlich war, wie schnell man Informationen aus diesen Teufelskisten erhalten konnte, aber da war eben auch die Kehrseite. Das hier zum Beispiel. Keine Stunde nach Bechteles Unfähigkeit, Neusch vom Tatort fernzuhalten, war er, Weidenmann, bereits im Internet gekreuzigt. Und das würde man nicht nur in Ravensburg und im Bürgermeisteramt lesen. Da würden auch im Polizeipräsidium in Tübingen die Drähte heiß laufen und in Stuttgart sowieso. Das Netz wurde permanent beobachtet, das wusste er. Innenministerium, LKA, Verfassungsschutz und die ganzen anderen Pfeifen hatten ständig ihr Ohr auf der Schiene. Und leider war da gerade ein Zug mit seinem Namen aufgetaucht. Allein deswegen schon konnte er den Erfolg der Ermittlungen nicht seinem Kripo-Kollegen Lang überlassen. Lang war ok. Manchmal etwas übereifrig und von sich selbst eingenommen. Aber er, Weidenmann, würde diesen Fall lösen müssen. Quasi wie ein Reinwaschungsprozess. Genau so würde er es machen. Und jetzt ab zum Bürgermeister.

Bürgermeister Riedschmieder war seit zwölf Jahren im Amt. Und er wollte auch als Bürgermeister in Rente gehen. Da sprach nichts dagegen. Er war einigermaßen beliebt, hatte die Überschuldung der Stadt zwar nie ernsthaft in den Griff bekommen, aber wenigstens nicht noch mehr rote Zahlen aufgehäuft. Außerdem war er volksnah. Wo sich auch immer nur der kleinste Anlass bot, war er sofort zur Stelle. Einweihung des neuen Umspannhäuschens – Riedschmieder war da! 50-Jahr-Feier des Kommunalverbandes – Riedschmieder hielt eine flammende Rede. Eröffnung der neuen Ortsumgehung in Zellenreute – selbstverständlich mit Bürgermeister Riedschmieder. Noch dazu war er parteilos, wurde also nie mit den schlimmen Fehlern der Parteipolitiker in Stuttgart oder Berlin in Verbindung gebracht. Er war Eulendorfer durch und durch, und das war seine Welt. Böse Zungen munkelten, dass er den Landkreis noch nie verlassen hatte. Stimmte natürlich nicht. Schließlich war er schon mal bei der Bezirksregierung in Tübingen und im Urlaub in Vorarlberg gewesen. Und das lag ja sogar schon im Ausland, im fernen Österreich. Abgesehen davon war er ein stinkreicher, stockkonservativer Bauunternehmer, streng katholisch und politisch eher rechts der großen Volksparteien mit dem C im Namen anzusiedeln. Und daraus machte er auch keinen großen Hehl.

Als Weidenmann das Bürgermeisteramt im alten Eulendorfer Schloss betrat, rannte ihm die Vorzimmerdame Riedschmieders über den Weg.

„Herr Weidenmann! Der Bürgermeister sucht sie schon überall!"

„Sehen sie, hier bin ich", erwiderte Weidenmann ruhig, „Was gibt's denn?"

„Na sie haben ja Nerven! Wissen sie denn nicht …?"

Weidenmann winkte ab.

„Wo ist er denn?"

„In seinem Arbeitszimmer."

„Ah, im schwarzen Stüberl."

„Ach!", schnippisch reckte die Vorzimmerdame die Nase in die andere Richtung und stöckelte mit einem Aktenordner unter ihrem Arm von dannen.

„Blöde Zicke", murmelte Weidenmann und ging den altehrwürdigen Gang entlang.

„Wie bitte?", fauchte die Stöckeltante im Ton der äußersten Empörung.

„Zwicken", kommentierte Weidenmann, „Ich hab da so ein blödes Zwicken am Auge." Damit trat er ohne anzuklopfen in das Amtszimmer des Bürgermeisters.

„Weidenmann, da sind sie ja!"

„Da bin ich ja!"

„Was ist denn das für eine Sauerei? Ritualmord in Eulendorf! Und sie haben noch keine Spur!"

Riedschmieder stand natürlich in keinerlei Vorgesetztenverhältnis zu Weidenmann und von daher brauchte dieser auch keine Fragen des Bürgermeisters zu beantworten. Und sich auch nicht zu rechtfertigen. Das musste jetzt mal kurz geklärt werden.

„Riedschmieder, was das für eine Sauerei ist, das frage ich sie! In einem leerstehenden Haus in ihrer Stadt wird ein Mensch geschächtet! Wem gehört das Haus in der Eggstraße 8, seit wann ist es nicht mehr bewohnt, wer ist hier als anerkannter und geprüfter Schächter gemeldet und hat wann und wo zum letzten Mal seines Amtes gewaltet, was gibt es über die jüdische Gemeinde in Eulendorf zu wissen und welche Informationen können sie mir sonst noch zu dem ganzen Vorfall geben?"

Riedschmieder lief puterrot an.

„Wie reden sie denn mit mir, Weidenmann?"

„Ich rede nicht mit ihnen, das hier ist eine Zeugenvernehmung in einem Mordfall. Was möchten sie also zu Protokoll geben?"

„Sind sie wahnsinnig geworden?"

„Möchten sie lieber die Aussage verweigern?"

„Weidenmann!"

„Riedschmieder!"

Die beiden sahen sich einen Augenblick so an, wie zwei Moschusbüffel, die in der nächsten Sekunde mit gesenktem Haupt und voller Wucht aufeinander zu rennen würden. Riedschmieder schnaubte. Weidenmann lächelte plötzlich. Er wusste, dass er in diesem Moment die Schlacht gewonnen hatte.

„Liebster Herr Bürgermeister, lassen sie uns doch einfach noch mal ganz von vorne beginnen. Ein paar Fakten kennen sie ja schon. Ich bin nicht der leitende Ermittler in dieser unschönen Angelegenheit. Und ich bin schon gar nicht befugt, Einzelheiten der laufenden Ermittlung kund zu tun. Aber ich möchte wie sie diese Geschichte so schnell wie möglich aufklären. Und dazu brauche ich ihre Hilfe. Und ihre Informationen. Also seien sie doch bitte so freundlich ...“

„Ich, äh, ja, äh, ich weiß gar nichts. Eggstraße 8, sagen sie? Schächter? Und von einer jüdischen Gemeinde in Eulendorf weiß ich auch nichts. Aber ich kümmere mich drum, Weidenmann. Ich lasse das sofort herausfinden. Ich, äh, das muss ganz sachte gehen. Kein Wirbel ...“

„Dann klopfen sie ihrem Stadtschreiber Neusch mal auf die Finger. Der hat den ganzen Mist nämlich publik gemacht. Wohnt der nicht in einem ihrer Mietshäuser?“

„Neusch, äh, ja. Ja, das tut er“, und damit donnerte Riedschmieder auf die Tasten der Gegensprechanlage und brüllte nach seiner Vorzimmerdame.

„Frau Satterle, der Kommissar wird ihnen ein paar Fragen dalassen und sie setzen bitte alle Hebel in Bewegung, um die Antworten zu finden, gell? Das ist wichtig! Äußerst wichtig!“

Als Antwort gab es nur ein kratzendes und irgendwie widerwilliges *Ja* aus dem Lautsprecher. Dann wandte sich Riedschmieder wieder an Weidenmann.

„Den Neusch knöpf ich mir gleich mal vor. Dieser miese, kleine Nestbeschmutzer!“

„Na, dann geh ich mal zu Frau Satterle.“

„Ja, und wenn Sie Informationen haben, also solche, die sie weitergeben können ...“

„Dann denk ich selbstverständlich sofort an sie!“

Damit verließ Weidenmann das Arbeitszimmer des Bürgermeisters, klagte bei Frau Satterle noch mal über sein übel zwickendes Auge und diktierte ihr noch ein paar Fragen mehr, als er Riedschmieder gestellt hatte.

4

Die Bombe ging am späten Nachmittag hoch und verbreitete sich in Windeseile: Der Tote war kein anderer als Jussuf Al-Babakoudi, der älteste der drei Brüder des berüchtigten Babakoudi-Clans. Sein Vater, Jassid Al-Babakoudi war im Libanon reich geworden, indem er marode Frachtschiffe aufkaufte, sie angeblich mit hochwertigen Waren belud und dann irgendwo im Mittelmeer oder auf dem Atlantik verschwinden ließ. Was so ein veritables Loch in der Bordwand, verursacht durch eine kleine Sprengladung, doch alles bewirkte. Das machte den wertlosen Steinen wenig aus, die anstatt der gelisteten High-Tech-Ladung im Frachtraum lagen. Und die jämmerlich ertrunkenen Besatzungsmitglieder interessierten Jassid noch nicht mal am Rande. Er kassierte die hohen Versicherungsprämien, gab dem Versicherungsagenten seinen Anteil und suchte sich nach ein paar sehr erfolgreichen Jahren ein neues Betätigungsfeld. Er führte billige Baumaterialien auf dem Seeweg in den Libanon ein. Wenn man allerdings nachts an den Docks kontrolliert hätte, was da so abgeladen wurde, hätte man nagelneue Kühlschränke, hochwertige Fernseher, high-end Computer und sogar Premium-Neuwagen gefunden. Ein sehr lukratives Geschäft, bei dem man nur ein paar Zollbeamte und den Hafenmeister schmieren musste. Und wieder ein paar Jahre später exportierte er frisches Obst und Gemüse nach Europa. Manchmal waren in den Melonenkisten Tütchen mit weißem Pulver versteckt. Oder braune Päckchen mit einer knetartigen Masse. Auch damit ließ sich ein paar Jahre gutes Geld verdienen. Als es dann doch im Libanon zu heiß wurde, kamen die Al-Babakoudis nach Deutschland. Die drei Söhne übernahmen das Geschäft ihres Vaters und stiegen von Anfang an in die Drogenszene im beschaulichen Ravensburg ein. Nach anfänglichem Gerangel mit ein paar Albanern und Kosovaren, hatten sie den Laden schnell in den Griff bekommen und kontrollierten nun das nicht unerhebliche Geschäft zwischen Ulm und dem Bodensee. Alle drei waren gute Bekannte der Polizeidirektion Ravensburg, aber außer ein paar geringfügigen Anzeigen wegen Körperverletzung, Nötigung und Erpressung hatte man sie noch nicht richtig drankriegen können.

Und jetzt das! Jussuf Al-Babakoudi, mächtiger Drogendealer, bekannte Unterweltfigur und bekennender Moslem, hing koscher aufbereitet und mausetot in einem leer stehenden Haus in Eulendorf. Ganz nebenbei bemerkt in einem Haus der ehemaligen jüdischen Gemeinde des Städtchens. Für einen Moslem konnte man sich keinen schmachvolleren, unwürdigeren Tod vorstellen. Geschlachtet wie ein Stück Vieh – und das vermutlich vom jahrhundertealten Erzfeind! Oder zumindest nach seinem widerwärtigen Ritus.

Diese Information veränderte blitzschnell die Kompetenzen. So wie Lang seinen Kollegen Weidenmann zuständigkeitshalber aus dem Fall gekickt hatte, sah er sich nun seinerseits in der ungeliebten Hilfspolizisten-Rolle. Ein solcher Mord, eine solche Hinrichtung roch ganz gewaltig nach OK, also nach Organisierter Kriminalität, noch dazu mit dieser merkwürdigen religiösen Komponente. Und bei OK schaltete sich automatisch das Landeskriminalamt ein. Also würden wohl bald ein paar ganz besondere Schlaumeier aus Stuttgart anrücken und alle bereits gestellten blöden Fragen nochmal stellen. Weidenmann war das ziemlich egal. An seiner Rolle in diesem Fall änderte sich dadurch ja so gut wie nichts. Er würde sowieso ausschließlich sein Ding machen. Ein klein bisschen freute ihn das sogar, weil er Lang gegenüber nun wieder mal seinen berühmten Stachel auspacken konnte:

„Na, auch Hilfspolizist geworden?"

Wichtig waren jetzt aber in der Tat erst mal die Fakten. Darum konnte er sich ja schon mal kümmern. Und ebenso wichtig war die Sicherstellung des Informationsstrangs. Er musste wissen, was die kriminaltechnische Untersuchung ergeben hatte. Er musste an eine Kopie des Obduktionsberichts rankommen und er musste gewährleisten, dass er ständig über die Fortschritte der Ermittlungen Bescheid wusste. Dazu gab es in Ravensburg eine ganz besondere Instanz, zu der er gute Kontakte aufgebaut hatte. Der überaus schrullige Spusi-Gott Kaltscheurer. Sie hatten sich vor Jahren auf einer Weiterbildung kennen gelernt und Weidenmann hatte nicht den Fehler gemacht, die Spurensicherung nur als notweniges Anhängsel und bloßen Dienstleister für die „richtigen" Polizisten zu behandeln. Er hatte sich für Kaltscheurers Arbeit interessiert, ihn nach Details und Einzelheiten, Methoden und Vorgehensweisen gefragt. Und er wusste von seinen weltweiten Hobby-Morden zu berichten, bei denen die Spurensicherung sehr häufig der Schlüssel zur Lösung gewesen war. Ihn würde er sofort mal anrufen.

„Kaltscheurer hier, was gibt's?", meldete sich eine knurrende Stimme am anderen Ende der Leitung.

„Peter, hast du wieder ein Stückchen Stacheldraht gefrühstückt?"

„Ah, Manfred, du bist das! Sag mal, dein Hiwi da, dieser bescheuerte Becherle …"

„Bechtele", korrigierte Weidenmann.

„Egal! Dieser Vollidiot! Der hat ja alles falsch gemacht, was man nur falschmachen kann! Der …", Kaltscheurer setzte gerade zu einer seiner gefürchteten Schmähtiraden an, als Weidenmann ihn unterbrach.

„Jaja, ist ja schon gut. Ich hab ihm eine saftige Strafarbeit aufgegeben. Peter, ich brauch mal deine Hilfe. Kannst du was für mich tun?"

„Aber nur, wenn du's für dich behältst und nur, wenn ich da überhaupt drankomme."

„Du weißt doch noch gar nicht, um was ich dich bitten will."

„Bin ja nicht doof. Du willst die Ergebnisse der KTU, den Obduktionsbericht und den laufenden Stand der Ermittlungen. Und die Antwort hast du ja jetzt schon. Den KTU-Bericht kann ich dir schicken, das andere Zeug muss ich mir selbst erst mal organisieren. Kein Thema, solange keiner blöde Fragen stellt. Aber von mir hast du nichts!"

„Ich weiß gar nicht, was du meinst. Wir kennen uns doch kaum", flötete Weidenmann. In der Tat war die kriminaltechnische Freundschaft der beiden Herren bislang in den lokalen Polizeikreisen noch nicht besonders breitgetreten. Musste ja nicht jeder alles wissen.

So, das wäre also schon mal erledigt, dachte Weidenmann. Jetzt zu den eigenen Hausaufgaben, was die Lage in Eulendorf angeht. Mittlerweile war nämlich der Eigentümer des Hauses von der liebreizenden Frau Satterle ausfindig gemacht worden.

Es handelte sich dabei um einen vollkommen unbescholtenen älteren Herrn namens Friedbert Ulmer, der seit über zwanzig Jahren im nahen Laupheim wohnte. Also nichts wie hin. Weidenmann fuhr diesmal ohne Blaulicht. Und ohne Bechtele.

Herr Ulmer war zu Hause und öffnete leicht verdutzt die Türe, als der Kommissar seine Dienstmarke vor den Türspion hielt. Mit seinen 79 Jahren war er zwar noch absolut hell im Kopf, hatte sich aber seit fast zwei Jahren überhaupt nicht mehr um sein Haus in der Eggstraße gekümmert. Damals waren seine bisherigen Mieter ausgezogen und er hatte sich in der Zwischenzeit noch nicht um geeignete Nachfolger bemühen können oder wollen. Von wegen alle Juden seien so furchtbar geldgeil. Demzufolge konnte er auch keinerlei Angaben zu den näheren Umständen des Mordes, zu möglichen, illegalen Nutzern des Hauses oder zu sonst irgendetwas machen, was von Relevanz hätte sein können. Er hatte vor zwei Jahren, nachdem seine Mieter ausgezogen waren, einfach die Hütte abgesperrt, die Fensterläden verriegelt, den Schlüssel in seine große Schublade verfrachtet und sich nicht mehr weiter um das Anwesen gekümmert. Natürlich war er absolut geschockt, als er von Weidenmann erfuhr, dass sein Haus nun Schauplatz eines Kapitalverbrechens geworden war. Nachdem der Kommissar allerdings deutlich herausgehört hatte, dass hier keine verwertbaren Informationen zu holen waren, verschonte er den älteren Herrn mit den blutigen Details des Verbrechens. Das hier war eindeutig eine Sackgasse, in der er nichts finden konnte, was ihn weiterbrachte.

Genauso lief es mit den Nachforschungen über jüdisches Leben in Eulendorf. Es gab keine offizielle jüdische Gemeinde mehr in der Stadt und daher auch keinen Rabbi, keinen Schochet und somit auch kein sonstiges nach außen getragenes Judentum. Eulendorf war fast 600 Jahre lang Heimat jüdischer Familien gewesen. Es gab sogar eine Judengasse, die heute allerdings einen anderen, unverfänglichen Namen trug. Bereits Anfang des 19. Jahrhunderts konnten sich Juden im gesamten Stadtgebiet niederlassen. Es gab jüdische Geschäfte, die vor allem mit Textilien handelten. Und natürlich wurde auch eine Synagoge und ein Rabbinat errichtet. Gleich daneben stand eine jüdische Schule mit einer Mikwe, dem traditionellen Tauchbad. Um 1900 verringerte sich allerdings die Anzahl der jüdischen Mitbürger durch Umzug in größere Städte wie Ulm oder Konstanz, die auch bessere Geschäfte versprachen. Nach dem Zweiten Weltkrieg kehrten ganze drei jüdische Familien aus dem Konzentrationslager Theresienstadt nach Eulendorf zurück.

Die wenigen Juden, die heute in der Stadt lebten, waren vollkommen unauffällige Zeitgenossen, gingen friedlich ihrem Glauben in der Nachbargemeinde nach und galten ansonsten als absolut redliche Bürger. Das würde sie allerdings nicht vor einer kurzen Befragung schützen, die jedoch getrost von Fräulein Diersmann durchgeführt werden konnte. Wahrscheinlich würde sowieso nichts Verwertbares dabei herauskommen. Aus dieser Ecke waren anscheinend keine wirklich durchschlagenden Ermittlungserfolge zu erwarten.

„Scheiß drauf, Feierabend!" Es hatte schon seine Vorteile, wenn man nicht mit der Leitung der Ermittlungen befasst war. Als einfacher Landpolizist konnte man nämlich ganz easy den Laden zusperren und nach Hause gehen, wenn der kleine Zeiger auf der Sieben stand. Sowieso schon wieder zwei Überstunden mehr auf seinem Zeitguthabenkonto. Wahrscheinlich könnte er drei Jahre früher in Rente gehen, wenn der das jemals ernsthaft aufgeschrieben hätte. Frau Diersmann erhielt noch eine Liste mit den zu befragenden Juden und entsprechende Anweisungen für den nächsten Morgen. Bechtele war sowieso schon zu Hause. Weidenmann hatte ihn vorzeitig heimgeschickt. Der Tag war ohnehin aufregend genug für ihn gewesen.

Auf dem Heimweg ließ sich Weidenmann nochmals die Ereignisse des Tages durch den Kopf gehen. Ein libanesischer Drogendealer hängt also geschächtet in einem leer stehenden, ehemals jüdischen Haus an der Decke. Und das in seinem friedlichen Revier in der lieblichen oberschwäbischen Kleinstadt Eulendorf mit ihrem Schloss, ihrer Therme und ihren braven Bürgern. Das war schon ein echter Hammer. So etwas hat man nicht alle Tage. Wer waren denn eigentlich die „Üblichen Verdächtigen"? Spontan fielen ihm da drei Gruppierungen ein:

Da waren zunächst natürlich die anderen feinen Herren Drogendealer, denen ihr Stückchen vom Kuchen möglicherweise etwas zu klein geworden war. Vor Jahren hatten die Al-Babakoudis die albanischen, kosovarischen und andere Banden relativ brutal aus dem Markt gedrängt. Dabei waren ein paar Kiefer, Rippen und Fingergelenke auf der Strecke geblieben. Vielleicht waren diese Kreaturen jetzt wieder aus ihren Höhlen hervorgekrochen, um sich ihren Anteil zurückzuholen. Ziemlich wahrscheinlich. Aber warum dann diese Nummer mit den Schächtkeller? Warum nicht einfach abknallen und gut ist? Kurzer Prozess!

Dann kamen natürlich Konkurrenten aus dem eigenen Clan in Frage. Blut ist zwar dicker als Wasser, aber vielleicht hatte einer der kleinen Brüder ja beschlossen, endlich auch mal der große Bruder zu werden. Das kommt schließlich in den besten Familien vor. Aber auch in dieser Konstellation ist nicht ohne weiteres nachvollziehbar, warum jemand aus Jussufs Umfeld sich die ganze Arbeit mit dem Fesseln, Transportieren, Aufhängen und Schächten machen sollte. Auch hier bietet sich simples Abknallen oder Abstechen an. Geht schneller und einfacher. No sweat!

Und als dritte Variante blieben noch die Drogenkonsumenten selbst. Besonders die, die irgendwie Schaden genommen hatten. Obwohl die spezielle Art und Weise des Mordes ebenfalls eher weniger auf einen zugekifften Junkie schließen ließ. Oder auf ein Bordsteinschwälbchen, das nicht mehr von der Nadel runterkommt.

Daneben kam natürlich alles Mögliche in Frage, was derzeit noch nicht absehbar war. Eine alte Fehde aus der orientalischen Heimat, ein gehörnter Ehemann mit äußerst lebhafter Phantasie oder ein sonstiger obskurer Hintergrund, an den in diesem Stadium noch kein Mensch denken konnte. Nicht einmal Weidenmann.

Und immer wieder die gleiche Frage: Warum diese aufwendige Schächt-Nummer? Was sollte das? Eine besondere Erniedrigung? Den Verdacht auf ein wie auch immer geartetes jüdisches Umfeld lenken? Oder eine bewusste Ablenkung, eine falsche Spur zur Verwirrung der Ermittlungsbeamten? Da waren noch sehr viele Puzzleteilchen zu finden und dann zu sortieren. Vom fertigen Bild noch gar nicht zu sprechen.

Nach fünfzehn Minuten betrat Weidenmann gedankenschwanger sein mittlerweile leicht renovierungsbedürftiges Häuschen am Stadtrand. Keine zehn Sekunden später wurde er durch das Quietschen der Katzenklappe an der Terrassentüre darüber informiert, dass der wahre Herrscher der Immobilie nun ebenfalls eingetroffen war. Wie jeden Abend. *Herr Präsident* machte durch lautes Miauen deutlich darauf aufmerksam, dass es Zeit für sein Abendessen war. Und, dass die Reihenfolge bei der Verpflegungseinnahme ebenfalls bereits feststand: Erst der Herr, dann's G'scherr! Zu Deutsch: zuerst der Kater, danach Weidenmann. Heute stand Fisch auf dem Speiseplan. Wildlachsmenü für den werten *Herrn Präsidenten*, Heringsfilet in Tomatensauce aus der Dose für Weidenmann. Auf die Weise wurde kein Geschirr schmutzig gemacht und daher brauchte auch nichts abgespült zu werden. Außer einem Löffel und einer Gabel, und das ging ja schnell. Die beiden Weißblechbehältnisse landeten anschließend in der Garage im Sammelbehälter. Recycling wurde großgeschrieben im Hause Weidenmann. Das galt auch für den Flaschenberg neben dem Doseneimer. Fisch musste ja schließlich schwimmen!

Nach dem Abendmahl legte Weidenmann die Füße hoch, donnerte sich die Kopfhörer auf die Ohren und schob das neueste Krimi-Hörbuch in seinen CD-Spieler. Das würde er sich jetzt genüsslich reinziehen. Zusammen mit einem kräftigen

Roten aus der Toskana. *Herr Präsident* würde sich dann irgendwann auf seinem Schoß breitmachen, allerdings etwas später auch wieder in hohem Bogen von dort runterfliegen. Ein Katzenfurz nach dem Genuss von Fisch war nämlich ungefähr genauso lecker wie eine Brise frisch ausgebrachter Schweinegülle an einem brüllend heißen Hochsommernachmittag. Nachdem die Flasche Montepulciano leer war, würde er noch mit einem alten Haselnuss-Grappa nachspülen, wahrscheinlich friedlich im Sessel einschlafen, so gegen zwei wackelig auf die Toilette tapsen und dann ins Bett verschwinden. Und süß weiterträumen. Alles schön!

Mit dem letzten, kräftigen Ruck seines Beckens und begleitet von einem heißeren, gutturalen Aufschrei pumpte er sein Ejakulat tief in ihre feuchte, zarte Weiblichkeit, zitterte noch ein bisschen nach und brach dann laut stöhnend über ihr zusammen. Er war ihr Erster, und daher hatte sie keine Vergleichswerte. Wenn das aber immer so ablief – ausziehen, ficken, fertig – dann wusste sie wirklich nicht, was daran so toll sein sollte. Und Orgasmen kannte sie bislang ohnehin nur vom anschließenden Gerubbel, wenn er dann wieder verschwunden war. Wenn sie sich in ihrer eigenen Welt so befriedigen konnte, wie es ihr gefiel.

Nach zehn Sekunden Zittern und Stöhnen rollte er sich dann meistens seitlich von ihr runter, griff zur bereitliegenden Zigarettenschachtel und zündete sich eine an. So auch diesmal.

„Meinst du, dass es wirklich ok war, dass wir den Araber einfach so alle gemacht haben?", fragte sie mit kleinlauter Stimme.

Er nahm einen tiefen Lungenzug und schaute starr an die Decke. Dann stieß er den Rauch langsam aus.

„Wieso wir? Wir haben das Schwein doch nur ein wenig vorbereitet. Gewissermaßen angeliefert. Und natürlich war das richtig. Die Drecksau, die!"

„Aber …"

„Nix aber! Und komm mir jetzt bloß nicht mit irgendwelchen Scheiß-Schuldgefühlen oder so 'nem Mist. Die Arabersau war schon lange fällig. Und halt bloß deine Klappe! Sonst gibt's fett Ärger. Kein Wort zu niemand! Hast du das verstanden?"

„Ja."

„Dann halt dich auch dran. Kein Wort!"

Sie nickte.

„Ich muss nochmal weg. Kann spät werden …"

Damit stand er auf, drückte seine Zigarette aus und zog sich an. Wortlos ging er aus dem Zimmer. Dann hörte sie die Abschlusstür und seine Schritte auf den alten, knarzenden Holzstufen.

Sie zog die Decke sachte über sich, drehte sich leicht zur Seite und ließ die Finger über ihren Venushügel zu ihren Schamlippen wandern. Nicht mehr lange und auch sie würde wohlig zittern und stöhnen …

Tja, Bonnie und Clyde hatte sie sich dann doch ein bisschen anders vorgestellt. Irgendwie verwegener, rasanter und aufregender. Aber so war es ja nun mal nicht. Als Tochter des hochangesehenen, ortsansässigen Bäckermeisters Ströbele war es ohnehin mehr als heikel, mit Richard Fatscher alias Zippo eine Beziehung zu unterhalten. Er hatte nun wirklich keinen besonders guten Ruf in der Stadt und wurde politisch der braunen Ecke zugerechnet. Dunkelbraun. Vielleicht musste Eva sich das alles nochmal ganz genau durch den Kopf gehen lassen.

6

„Nix, gar nix! Dein bescheuerter Bentele-Idiot hat alles komplett versaut!"

„Bechtele, er heißt Bechtele."

„Von mir aus auch B'scheuertle!" Kaltscheurer war außer sich, und Weidenmann wusste, dass er ihn jetzt schnell bremsen musste, sonst dauerte es noch weitere zehn Minuten, bis er echte, verwertbare Informationen bekam.

DNA-technisch gab der Schächtraum also nichts her. Außer dem Blut des Opfers und Bechteles Erbrochenem waren keine weiteren biologischen Spuren aufgefunden worden.

„Übrigens: Dein Bechtele scheint mir ja ein echter Feinschmecker zu sein."

„Jaja, ich weiß, Brezeln, Wurst und Gurke."

„Auch."

„Wie, auch?"

„Naja, im Bericht steht, dass er unter anderem getrüffelte Gänseleberpastete, schwarze Oliven, Roastbeef mit frisch geriebenem Meerrettich und halbverdaute Tagliatelle mit Safrancreme ausgekotzt hat. In Rotweinsauce. Crème brûlée zum Nachtisch."

Weidenmann war sprachlos.

„Und das ist sicher von Bechtele? Nicht vom Opfer?"

„Na, der hat sich ja schließlich nicht übergeben. Der hat doch nur geblutet."

Das musste Weidenmann dringend mal eruieren. Bechtele, der heimliche Gourmet. Ganz abgesehen von den Investitionen für solche üppigen, kulinarischen Genüsse.

„Und sonst?"

„Auch nix. Keine Fasern, keine Finger- oder Fußabdrücke, keinerlei brauchbare Spuren. Und wenn da jemals etwas war, dann hat das dein bescheuerter Hiwi leider äußerst zielsicher zugereihert. Nichts zu machen."

„Also waren da Profis am Werk?"

„Quatsch, Profis! Du musst doch bloß mal einen Krimi im Fernsehen gucken, da kriegst du doch schon alle wichtigen Informationen mit. Einen Maleranzug aus'm Baumarkt, ein paar Überschuhe aus Plastik, OP-Handschuhe und ein schickes Hütchen, dann ist ja schon das Meiste geregelt. Keine Haare, keine Hautschüppchen, kein Nix. Das einzige, was Rückschlüsse auf den oder die Täter zulässt, ist der Strick, an dem das Opfer hing. Und das ist leider ein stinknormales Allerweltsteil, wie du es in jedem x-beliebigen Baumarkt meterweise bekommst. Und daran befanden sich Fasern von handelsüblichen Arbeitshandschuhen. Ebenfalls in jedem Baumarkt in Deutschland dutzendweise erhältlich. Auf Deutsch: alles absolut clean, nicht einmal der allerkleinste Hinweis. Und vor der Hütte war ja sowieso alles entweder hundertfach niedergetrampelt oder mit der Restkotze deines Spezialagenten bekleckert."

„Scheiße!"

„Du sagst es. Also, mehr hab ich derzeit nicht für dich. Servus!"

„Danke trotzdem. Und halt mich bitte auf dem Laufenden. Ade."

Immerhin ergab der am späten Vormittag verfügbare Obduktionsbericht ein paar interessante Einblicke in die letzten Stunden des Opfers. Jussuf Al-Babakoudi wurde offensichtlich mit Chloroform betäubt. Das muss sehr schnell gegangen sein, denn es gab keine größeren Kampfspuren, sondern nur ein paar kleine Hämatome an den Armen, Handgelenken und am Oberkörper. Offensichtlich wurde der betäubte Körper dann auf einer nicht unbedingt dafür geeigneten Unterlage transportiert. Weitere Hämatome und leichte Hautabschürfungen an Schulter und Hüfte sowie am Kopf ließen darauf schließen. Stichwort: ein enger Kofferraum oder die unbequeme Ladefläche eines Lieferwagens. Nach der kleinen Spritztour wurde der Körper sehr wahrscheinlich in die letztendliche Auffindeposition gebracht, also wie ein schlachtreifes Lämmchen an die Decke gehängt. Er dürfte zu dem Zeitpunkt immer noch bewusstlos gewesen sein. Das Aufhängen war mit Sicherheit kein leichter Job, denn der Tote wog immerhin fast 75 Kilo. Um so ein Gewicht an einen Haken an der Decke zu hängen, dürfte ein Täter alleine nicht ausgereicht haben. Zwei waren mindestens notwendig. Oder noch besser drei – zwei zum Halten und einer zum Einfädeln des Stricks. Das Opfer wurde nämlich definitiv nicht wie an einem Flaschenzug hochgezogen, sondern sauber mit der vorhandenen Schlinge am Haken eingehängt. Die Hände waren zu dem Zeitpunkt offenbar mit einem dünnen Kabelbinder fixiert, der später entfernt wurde und den man auch nicht aufgefunden hatte. Also hatten ihn die Täter mitgenommen und wahrscheinlich irgendwo verschwinden lassen. Entsprechende Spuren an den Handgelenken ließen diesen Schluss zu. Tja, und dann: Finale!

Nachdem die Wirkung des Chloroforms nachgelassen hatte, wurden Jussuf Al-Babakoudi mit einem einzigen, sauberen Schnitt Luft- und Speiseröhre nebst den beiden Halsschlagadern fachmännisch durchtrennt. Und so hing er da wohl noch eine oder zwei Minuten, pumpte sich selbst das Blut aus dem Körper, verlor dann erneut das Bewusstsein und hauchte schließlich sein Leben endgültig aus. Ob und was der oder die Täter noch mit ihrem Opfer zu besprechen hatten, bevor der finale Schnitt gesetzt wurde, blieb zunächst offen. Getreten oder geschlagen wurde das wehrlos an der Decke hängende Bündel Mensch jedoch nicht. Dazu gab es keine passenden Spuren. Zu allerletzt wurde der Kabelbinder um die Handgelenke entfernt und das war's dann.

Weidenmanns erster Gedanke nach dem schrecklichen Fund schien sich immer mehr zu bestätigen. Das war kein einfacher Mord. Das war eine glatte Hinrichtung. Sauber geplant, perfide ausgeführt. Und nach wie vor keine noch so winzige Spur, die auf den Täter schließen ließ. Nun ja, keine Spur, aber Hinweise. In Weidenmanns kriminalistischem Hirn begann es bereits auf Hochtouren zu rattern.

Zunächst musste der Täter ja Kenntnis vom Vorhandensein des Schächtkellers gehabt haben. Er selbst, Weidenmann, lebte seit über acht Jahren in Eulendorf und hatte bis vor kurzem keinen blassen Schimmer bezüglich der Existenz eines solchen Raumes in seinem Revier gehabt. Wer also konnte das wissen? Der Eigentümer natürlich. Aber Herr Ulmer hatte offensichtlich rein gar nichts mit der Sache zu tun. Die Vormieter ebenfalls. Das war ein Job für Fräulein Diersmann. Die Nachbarn? Auch Diersmann. Jüdische Mitbürger? Historisch interessierte Menschen aus Eulendorf oder dem Umland? Der Briefträger, der Schornsteinfeger oder ein Handwerker, der dort mal zu Gange gewesen war? Vielleicht sogar der Stadtarchivar? Und dann natürlich noch die endlose Liste der Menschen, die aus welchem Grund auch immer diesen Raum einmal betreten oder zu Gesicht bekommen hatten. Jede Menge Arbeit für eine junge, aufstrebende Polizeimeisterin zur Ausbildung. Und Weidenmann war sie damit mal für einige Zeit los und konnte sich auf seine Arbeit konzentrieren.

Dann kam der nächste logische Schritt. Welche Person, die den schmucklosen Keller in der oberschwäbischen Kleinstadt kannte, hatte irgendeine Beziehung zu Jussuf Al-Babakoudi. Eine Beziehung, die sich derart hasserfüllt darstellte, dass sie dem Leben des libanesischen Drogenbosses ein denkbar schändliches Ende gesetzt hatte. Darüber hatte er sich ja schon am Vorabend Gedanken gemacht und war nicht wirklich weitergekommen.

Und dann natürlich noch die Tötungsart. Schächten, das war ja nicht gerade alltäglich. Dazu brauchte man zunächst die handwerkliche Fertigkeit und auch das richtige Messer. Weidenmann hatte bereits Überlegungen angestellt und ein wenig seine heimische Miniatur-Bibliothek bemüht. Die Ausbildung eines richtigen, jüdischen *Schochet* dauerte eine ganze Weile. Aber das Wesentliche dabei war wohl der religiöse Hintergrund und das ganze jüdische Drum und Dran, weniger der metzgereitechnische Anteil. Da kam es einfach darauf an, möglichst alles außer dem Rückgrat in einem einzigen, kraftvollen Schnitt zu durchtrennen. Und dazu brauchte man etwas Power, eine Portion Geschick und vor allem ein geeignetes Messer. Mit einem kurzen Kneipchen aus Muttis Garküche war das nicht zu bewerkstelligen. Das Messer musste rasierklingenscharf sein. Und es musste eine gewisse Länge haben, damit möglichst in einem Zug und mit ausreichender Kontaktdauer zwischen Klinge und Schneidegut das Werk vollbracht werden konnte. Das war also schon mehr ein Dolch, als ein Messerchen. Fast schon ein Kurzsäbel oder etwas in der Art. Weidenmann würde mal zum örtlichen Metzger gehen, um sich sachgerecht zu informieren.

So, und der Einfachheit halber mussten nun alle drei Kriterien auf eine einzelne Person zutreffen. Wer also kannte den rituellen Tatort, kannte ebenfalls Jussuf Al-Babakoudi und konnte zusätzlich ein Schächtmesser sachgerecht quer über einen Libanesenhals führen? Das war nun die kinderleichte Aufgabe, die es zu lösen galt. Dummerweise war er jedoch nicht der Leiter des Ermittlungsverfahrens, sondern nur der lokale Hiwi. Daher konnte er auch keine großangelegten Aktionen lostreten und musste still und leise im Rahmen seiner Möglichkeiten agieren. Aber da gab es ja durchaus die eine oder andere Option ...

Zum Beispiel den beliebten Flurfunk. Polizeiobermeister Bechtele, alias Feinschmecker-Waldi platzte gleich mit der neuesten Information heraus, die ihm ein Streifenkollege aus Ravensburg gesteckt hatte.
„Scheff, die hend des Audo vun dem Araber g'funde!"
„Wo?"
„Wois i idde."
„Und gab's was Besonderes?"
„Wois i idde."

„Gibt's schon einen Bericht dazu?"

„Wois i au idde."

Bechtele war halt immer allerbestens informiert und äußerst variantenreich in seinen hochdifferenzierten Bemerkungen. Gut. Aber das konnte Weidenmann ja selbst besser rausfinden als sein wortgewaltiger Revierschlumpf.

Das Auto des Opfers, ein durchaus auffälliger BMW 750il, tiefer gelegt, breitere Schlappen und getönte Scheiben, wurde auf dem Parkplatz eines Gewerbegebietes in Ravensburg aufgefunden. Das Fahrzeug war dort ganz ordnungsgemäß geparkt und auch abgeschlossen. Der Zündschlüssel allerdings lag unter dem heißen Gefährt auf dem Boden, wo er ja nicht unbedingt hingehörte. Das Fahrzeug wurde im Rahmen der Fahndung von einem cleveren Verkehrspolizisten entdeckt, der sich zunächst den Bereich um die Szene-Disco *Duaba* vorgenommen hatte. Wenn man irgendwo in Oberschwaben Stoff bekommen konnte, dann dort. Und logischerweise hielten sich auch die Al-Babakoudi-Brüder gerne in diesem für sie äußerst ergiebigen Milieu auf. Die Untersuchung des näheren Fahrzeugumfelds ergab einige sehr interessante Ergebnisse. Zunächst waren da Schleifspuren auf dem groben, festgetretenen Boden zu erkennen. Nicht lang und auch nicht tief, aber doch deutlich genug. Für Fußabdrücke war der Untergrund zu hart und zu trocken. Die beiden kleinen Furchen, die wohl durch die über den Boden gezogenen Absätze entstanden waren, konnte man jedoch sehr gut erkennen. Dort, wo sie aufhörten, war der Schuhträger wahrscheinlich in ein Fahrzeug verladen worden. Zusätzlich hatte die Spusi ein paar Kippen und einen Kaugummi aufgesammelt. Das Zeug war allerdings noch in der Untersuchung. Der Volltreffer aber war eine schwarze Strickmütze in der Art wie sie militärische Kommando-Einheiten trugen. Die Mütze lag schräg hinter dem linken Hinterreifen, dort wo sich auch die Schleifspuren befanden. Dort, wo keine Mütze mal einfach so hinfällt. Und in dieser Mütze steckten deutlich erkennbar ein paar dunkelblonde Haare und Hautschuppen. Also menschliche DNA! Wenn sich bei der Analyse eine Übereinstimmung mit einem der einschlägigen Kandidaten aus der Datei ergab, dann konnte das ein gewaltiger Ermittlungsschritt sein. Sonst war leider nichts Bemerkenswertes an und in dem BMW gefunden worden. Die Drogenhunde schlugen nicht an, der Kofferraum war absolut clean und das restliche Fahrzeuginnere ebenfalls. Aber immerhin gab es nun einen ersten Anhalt, wo der Libanese entführt worden war und vielleicht auch bald eine dazu passende, verdächtige Person.

7

Am liebsten zog er die auf Hochglanz polierten Reiterstiefel zu seiner perfekt sitzenden SS-Brigadeführeruniform an. Die Sohlen der Stiefel waren genagelt und erzeugten einen hart metallischen Klang auf dem blitzblanken Steinzeugboden. Und natürlich hatte er auch eine dünne Reitgerte, mit der er sich auf den Stiefelschaft schlagen konnte, so dass ein scharf schnalzendes Geräusch erklang. Derart angetan marschierte er stolz durch seinen sorgsamst ausgestatteten Devotionalienraum, der im Laufe der Jahre fast zu einem kleinen Museum angewachsen war. Zu einem Museum freilich, das keine Besucher außer ihm selbst empfing. An den Wänden hingen säuberlich gerahmte Originalbilder von seinen verehrten Vorbildern. Im Pulverdampf ergraute Generäle der Wehrmacht, verdiente Offiziere und Kriegshelden aller Fronten. Es gab jede Menge weitere Uniformteile, die teilweise auf Puppen, teilweise auf Bügeln drapiert waren. Diverse Fahnen, Flaggen und Standarten hingen von der Decke oder waren über den Bildern angebracht. Ein großes Regal voller Originalbücher stand quer über eine volle Seite des Raumes. Darunter waren auch alte Dienstvorschriften, Soldbücher, Kladden und Bildbände. Weiters gab es einige Karabiner, Pistolen und Seitengewehre, die allesamt hauchfein eingeölt in Vitrinen hinter Glas lagen. Selbstverständlich waren die Waffen in bestem Zustand und schussbereit. Die Munition dazu lagerte in einem kleinen Safe aus dem Privatbestand einer ehemaligen regionalen Nazi-Größe. Und dann war da natürlich der Schrein. Ein mächtiger Altar, mit der unverkennbar markanten Büste des Mannes, den er mehr verehrte als alle Generäle zusammen. Adolf Hitler, der Führer, lebensgroß, mit stechendem Blick und strenger Miene. Umgeben von einem Meer aus Hakenkreuzen stand er auf seinem Podest und blickte auf ihn herunter. Und wenn er wollte, konnte er sein Idol sogar hören und in Aktion sehen. Über 200 Ton- und Filmdokumente standen ihm in seinem Privatarchiv zur Verfügung. Natürlich stand über die Hälfte davon auf dem Index. Reichsparteitagsreden, Filme von Truppenbesuchen und Militärparaden, Szenen vom Obersalzberg und andere aussagekräftige Mitschnitte aus dem Leben seines persönlichen Helden hatte er zur Auswahl. Dazu kamen noch etliche Wochenschauen und Spielfilme aus dieser Zeit. Quax, der Bruchpilot, Leni Riefenstahl-Produktionen und das beste von Luis Trenker. Und genau das war auch seine fast allabendliche Lieblingsbeschäftigung: Ein trockener badischer Wein, eine gute Zigarre (leider aus dem kommunistischen Kuba!) und seine ganz private Film- oder Tonvorführung. Damit konnte er Stunden verbringen und war vollkommen zufrieden, ach was glücklich! Seelig! Das einzige, was ihn ein wenig störte war, dass er all das nur im Verborgenen genießen konnte.

Nicht mal seine engsten Freunde, seine ideologischen Verbündeten oder gar seine willfährige „Sturmtruppe" hatten je sein braunes Refugium betreten. Und das war auch besser so. Sicher ist sicher! Die Freunde von heute können die Verräter von morgen sein. Das wusste er. Und behielt demnach seinen Schatz ganz für sich alleine. Das geräumige Dachzimmer war gesichert wie der Führerbunker selbst. Mechanisch und elektronisch. Und die Zugangscodes wusste nur er allein.

Er hatte schon immer ein Fable für's Braune gehabt. Das kam von seinem Großvater. Der war Ortsgruppenleiter der

NSDAP gewesen und hatte auch nach Kriegsende nichts von den Gräultaten der Nazis bedauert. Für ihn war eben die arische die alleinige Herrenrasse. Das hatten nur noch nicht alle kapiert. Ostmenschen, Juden, Araber, Neger: alles das gleiche, unwerte Pack. Engländer, Franzosen und Amis: leider geblendet von diesem Demokratiescheiß. Das hatte ihm sein Opa immer wieder ausführlich und in bunten, pardon – braunen Farben geschildert. Und irgendwann hatte er es eben selbst geglaubt. Zumal ihm sein Großvater reichlich „Kriegsmaterial" hinterlassen hatte. Der Grundstock seiner Sammlung stammte aus Opa's Keller. Dazu kamen noch die nationalen und internationalen Verbindungen und Kontakte. Seilschaften die nicht zu erschüttern waren. Das würde eines Tages schon noch zum endgültigen Sieg der nationalsozialistischen Idee führen. Und er würde ein überauswichtiger Teil davon sein ...

8

„Das hab ich doch alles schon ihren Kollegen erzählt!"

„Dann erzählen sie's mir halt bitte nochmal. Ich hör so gerne zu …"

Der junge Mann war sichtlich nervös. Seine Augen zuckten hektisch umher und ihm stand deutlich erkennbar der kalte Schweiß auf der flachen Stirn. Er hibbelte auf seinem Stuhl herum, wie ein kleines, schreckhaftes Nagetier in einer ausbruchsicheren Falle. Und das aus gutem Grund. Peter Rauscher, alias *Sturm*, war nichts weiter als ein kleiner, unbedeutender Wicht mit den allerbesten Mitläuferqualitäten. Er war der Hiwi in der Eulendorfer Glatzenbande, das schwächste Glied in der Gruppe.

Die Kleinstadt-Gang, die noch nicht mal einen eigenen Namen hatte, bestand zunächst aus dem Anführer und Kopf der Bande, Richard Fatscher, genannt *Zippo*. Zippo, weil er ein Feuerzeug dieser Marke besaß und auch den tollen Trick beherrschte, das Ding mit einem einhändigen Schnippvorgang zu öffnen und dann mit einem weiteren Schnippen zu entzünden. Das konnte er auch gerne zwanzigmal hintereinander machen, um seine Fingerfertigkeit zu dokumentieren. Natürlich war das Feuerzeug so eindeutig graviert, dass es bei jeder beliebigen Razzia sofort konfisziert werden würde. „Meine Ehre heißt Treue" und ein schönes Hakenkreuz mit Eichenblättern dazu. Richard war mit 26 Jahren der Älteste in der Gruppe, stammte aus an sich soliden Verhältnissen, war aber wegen des leicht verqueren Verhältnisses zu seinem Vater in die braune Szene abgerutscht. Seine Lehre als Mechaniker im väterlichen Schlosserbetrieb hatte er nach einem knappen Jahr wegen der täglichen „körperlichen Härte seines Lehrherren" vorzeitig abgebrochen. Er war in eine billige Mansardenwohnung in einem der umliegenden Dörfchen ausgezogen und hielt sich seitdem mit Arbeitslosengeld, Sozialhilfe, gelegentlichen Jobs, zweifelhaften Kurierdiensten und geheimen Zuwendungen seiner Mutter über Wasser. Er war einschlägig vorbestraft. Diebstahl, Raub, Körperverletzung und natürlich ein paar „braune" Straftaten standen auf seiner mittlerweile langen Liste. Das Zeigen nationalsozialistischer Embleme in der Öffentlichkeit, das Absingen einschlägigen Liedguts und der obligatorische Hitlergruß auf dem Marktplatz ergänzten sein ohnehin schon reichhaltiges Sündenrepertoire.

Die Nummer zwei der Eulendorf-Gang war Robert Schmidt, alias *Steiner*. Er hatte verzweifelt versucht, nach seiner Schulausbildung – qualifizierter Hauptschulabschluss mit Ach und Krach und doppelt zugedrückten Hühneraugen – irgendeinen Job mit Uniform zu ergattern. Bei Polizei und Bundespolizei war er mit Pauken und Trompeten durch die ohnehin immer lascher werdenden Aufnahmeprüfungen gerasselt. Beim Zoll wollte ihn auch keiner haben. Bei der Bundeswehr hatte man ihn zwar in der Laufbahn der Mannschaften eingestellt, aber nach drei Wochen war ihm dort alles zu viel geworden. Im Gleichschritt marschieren, seinen Spind aufräumen, überhaupt das ganze Unterordnen und Ordnung halten, das war nicht seine Welt. Insgeheim sah er sich als Super-Rambo auf ultragefährlichen Spezialeinsätzen weit hinter den feindlichen Linien, losgelöst von drögen Vorschriften und bürokratischen Bestimmungen, allein auf sich und seine herrlichen

Wunderwaffen gestellt. Wenn die vom Bund seine besonderen Fähigkeiten nicht erkannten, dann waren sie eben selbst schuld! Immerhin konnte er einen Job bei einem Sicherheitsunternehmen abgreifen. Dort bekam er wenigstens ein schwarzes Barrett, ein Diensthemd mit tollen Schulterklappen und einen in Plastik eingeschweißten Dienstausweis. Dass es keine ordentliche Knarre dazu gab, war natürlich echt Scheiße. Aber das konnte ja alles noch kommen, wenn er die Ausbildung zum Geldtransporter-Begleiter schaffte. Das ging aber erst ab 25. Und er war gerade mal 22. Kommt Zeit, kommt Knarre.

Dann gab es noch *Kalle*. Karl Riedle war der einzige in der Gruppe mit einem halbwegs normalen Job. Er hatte Einzelhandelskaufmann gelernt und arbeitete jetzt auch schon seit über einem Jahr in seinem Ausbildungsberuf als Verkäufer bei einem ortsansässigen Elektronikhändler. Fernseher, Computer, Handys. Das war allerdings das einzig Normale an ihm. In seiner Freizeit gab er den Jung-Nazi par excellence. Blonder Seitenscheitel mit rasiertem Nacken, stets bestens gekleidet: gebügelte Stoffhose, Hemd, Krawatte oder Halstuch, Lederschuhe. Jeans gab es in seiner Welt nicht – allein schon, weil das ja ein englisches, also ein Feindwort war. Er sprach ausschließlich „Deutsch". Jegliche Anglizismen und sonstige fremdsprachliche Ausdrücke wurden bei ihm in völkische Sprache übersetzt. Er ging also nicht in die *Disco*, sondern höchstens mal zu einer abendlichen Tanzveranstaltung. Dort trank er keinen *Gin Tonic*, sondern ein chininhaltiges Erfrischungsgetränk mit einem Schuss Wachholderschnaps. Das war beim Bestellen manchmal gar nicht so einfach. Und wenn er dann in den frühen Morgenstunden plötzlich Hunger bekam, dann konnte man ja heutzutage ein gebratenes Fleischküchle-Brötchen mit Salat- und Käsebeigabe an frittierten Kartoffelstäbchen in einer Durchfahrt-Gaststätte ordern. Dort, wo sich Andere im Drive-in einen Big Mac mit Pommes bestellten. Natürlich gab es dazu keine Cola – dieses schändlichste aller Ami-Getränke. Dass er überhaupt zu solch einer Verzehrbude ging, lag sowieso einzig und allein daran, dass um drei Uhr morgens alles andere in der Gegend zu hatte. Ansonsten verbrachte er seine Freizeit mit dem Studium historischer Literatur von den Anfängen der nationalsozialistischen Bewegung in München bis hin zum tragischen Untergang seiner Herrenrasse, woran natürlich zuallererst amerikanische Juden die Schuld trugen. Überhaupt, die Amerikaner. Hätten die sich nicht eingemischt, wäre man schon mit den Froschfressern und den Tommies fertig geworden. Mit dem Ivan sowieso.

Und dann war da eben noch *Sturm*, der Laufbursche der Truppe. Peter Rauscher war ein dürrer, verpickelter Nichtsnutz, der vor einem Jahr die Schule ohne Abschluss verlassen hatte und seitdem dem Staat und seinen Eltern auf der Tasche lag. Was auch immer die Agentur für Arbeit oder sonstige Organisationen, die sich mit der beruflichen Eingliederung junger Menschen beschäftigen, ihm angeboten hatten, hatte er angefangen und war nach zwei Tagen nicht mehr hingegangen. War nämlich alles doof. Oder *uncool*. Ein Ausdruck, mit dem er sich bei *Kalle* regelmäßig eins in die Fresse abholte, weil der ihm jedes Mal erklärte, dass *cool* englisch sei, also an sich schon schlimm genug. Aber die Kombination dieses Ami-Wortes mit der deutschen Vorsilbe *un-* ungefähr so schlimm sei, wie ein deutsches Mädel, das mit einem Scheißtürken ins Bett ginge. Sturm hing normalerweise irgendwo rum, entweder auf dem Schlossplatz, bei einem seiner fragwürdigen und wenigen Kumpels oder in einer der Schmuddelkneipen im Ort und in der näheren Umgebung. Das tollste für ihn war, wenn er mit *Zippo*, *Steiner* oder *Kalle* zusammen sein konnte. Da war er wer, da wurde er, wenn schon nicht geachtet, so doch wenigstens wahrgenommen. Dass er in der Regel Bier zu organisieren hatte, den Scheiß der anderen wegräumen musste und sonst höchsten Schmiere stehen durfte, wenn mal wieder ein kleiner Bruch über die Bühne ging, war ihm egal. Er war in der Gruppe, und das war das einzig Wichtige, das Einzige, was zählte.

Jetzt allerding war das richtig ätzend, weil dieser bescheuerte Provinzbulle vor ihm saß, ihn löcherte, und weil keiner seiner Freunde da war, um ihn rauszuholen. Weidenmann hatte einfach mal kurz darüber nachgedacht, wen man denn verhörtechnisch ein wenig in die Mangel nehmen konnte. Und weil es da in Eulendorf nicht wirklich viel zu holen gab, hatte er sich zunächst die kleine Jungnazi-Bande vorgeknöpft. Mal auf den Busch klopfen und warten, was passierte.

„Was soll ich denn erzählen?"
Weidenmann lehnte sich zurück, legte die Füße auf den Tisch und zündete sich in aller Ruhe eine Zigarette an. Besser konnte man nicht dokumentieren, dass man unendlich Zeit hatte. Bis zum Sankt-Nimmerleins-Tag und dann noch zwei, drei Ewigkeiten länger.
„Kann ich auch eine …?"
„Hier ist Nichtraucher!"

„Aber sie …"

„Halt die Klappe! Hier ist Nichtraucher für kleine Zecken wie du eine bist, und die nicht tun, was man ihnen sagt. Also, spuck's aus! Was haben du und deine feinen Freunde mit dem Mord hier in der Eggstrasse zu tun?"

„Nichts! Ich schwör, Mann!"

„Ich heiße nicht *Mann*, sondern *Herr Polizeioberkommissar*. Und außerdem weißt du doch gar nicht, was ein Schwur wirklich ist. Wo warst du denn vorgestern Abend?"

„Keine Ahnung mehr!"

„Vorgestern, du Schlumpf! Hat das deine kleine Hirnzelle schon wieder alles vergessen oder hast du zu viel Wodka über sie drüber gekippt?"

„Mann, ich weiß echt nicht, was sie wollen!"

Weidenmann zog genüsslich an seiner Zigarette und blies den Rauch genau in Sturms Richtung. Dann kratzte er sich hinterm linken Ohr.

„Vor-ges-tern A-bend", sagt er nur.

Sturm merkte langsam, dass das hier eng werden würde. Dieser Bulle war durchaus hartnäckiger als seine Kollegen in Ravensburg. Die hatten ihn nach einer Stunde wieder laufen lassen. Dieser Weidenmann war scheinbar aus anderem, etwas härterem Holz.

„Was weiß ich? Wir waren unterwegs."

„Wer ist *wir*?"

Scheiße, kaum den Mund aufgemacht, drei Worte gesagt, und schon war eins zu viel dabei! Mist!

„Keine Ahnung, Mann. Ein paar Leute halt, die ich so getroffen hab."

„Wo getroffen?"

„Weiß nicht mehr. In der Kneipe."

„In welcher Kneipe?"

„Keine Ahnung, Mann, ich hatte schon was getrunken."

„Junger Freund", sagte Weidenmann plötzlich in zuckersüßem Sirup-Ton, „Wenn du dich nicht mehr so gut erinnern kannst, und wenn du vielleicht immer noch etwas angetrunken bist, dann behalte ich dich mal schön über Nacht hier. In unserer wunderbaren Ausnüchterungszelle. Und wenn dir morgen noch nichts eingefallen ist, dann darfst du wieder nach Hause gehen. Allerdings hol ich mir dann deine feinen Freunde, die werten Herren Fatscher, Schmidt und Riedle und erzähl ihnen einfach, dass du gesagt hast, sie wären bei dem Mord dabei gewesen ..."

„He, das können sie nicht machen, Mann, das ist ja glatt gelogen!"

„Nein, das hast du doch selbst gerade behauptet. Die anderen Jungs wären losgezogen, um dem libanesischen Drogendealer mal eine Lektion zu erteilen, und du musstest leider, leider daheim bleiben, weil du noch viel zu klein bist!"

„Quatsch, ich hab schon ... äh."

„Ja, was hast du schon?

„Äh, nix."

„Genau, du hast nichts, du bist nichts und aus dir wird auch niemals etwas werden, wenn du nicht endlich mal was an dir änderst. Und als erstes könntest du mal dein Gedächtnis auffrischen. Wenn nicht, könnte ich nämlich auf die sagenhafte Idee kommen, dass du mir etwas Wesentliches verschweigst und das schwör ich dir, dann krieg ich dich dran. Dann gehst du in den Bau, verstehst du? Knast! Beihilfe zum Mord oder vielleicht warst du's ja selbst. Als Mutprobe, als Aufnahmeritual, hä? Weißt du wie viele Jahre es dafür gibt? Wenn du da wieder rauskommst, ist *Pink!* eine alte Frau. Und ich pflanze dir ein Bäumchen, das dann so groß sein wird, dass du dich am Entlassungstag gleich dran aufhängen kannst. Kapierst du das, du Vollpfosten?"

Weidenmann hatte sich richtig in Rage geredet. Er brauchte Bechtele gar nicht, er konnte mit sich ganz alleine *good cop – bad cop* spielen. Sturm saß da, wie ein Häufchen Elend und starrte ihn nur an.

„Also?"

„Ich hab doch nichts gemacht!"

„Wunderbar, dann kannst du mir ja erzählen, wo du warst."

„Unterwegs, mal in der einen Kneipe, mal in der anderen. Mit unterschiedlichen Leuten. Ich weiß das echt nicht mehr, ehrlich, Mann!"

Das mit dem *Mann* musste dringend noch geübt werden. Weidenmann glaubte ihm kein Wort. Der kleine Pisser hatte mit Sicherheit Dreck am Stecken. Und er würde schon noch rausfinden, was genau da los gewesen war. Für heute war's jedoch genug. Da würde nichts Gescheites mehr rauskommen. Aber Sturm alias Peter Rauscher war schon mal sauber eingeschüchtert und früher oder später würde er sich das Bürschlein nochmal schön zur Brust nehmen.

„Ich hab ein Auge auf dich, vergiss das nicht. Und jetzt Abflug! Aber flott!"

„Ich kann gehen?"

„Wieso, warst du bislang gelähmt?"

Ungläubig glotzend erhob sich Sturm von seinem Stuhl und schlich sich vorsichtig aus dem Raum, den Blick immer auf Weidenmann gerichtet. So, als ob er Angst hätte, der Bulle könnte jederzeit seine Aussage einfach zurücknehmen und ihn doch noch da behalten. Weidenmann verfolgte ihn mit seinen Augen, bis er draußen war. Den würde er sich schon noch kaufen, wenn die Zeit reif war.

Die Speichelprobe, die er vorher bei Sturm genommen hatte, passte allerdings leider nicht zu den Haaren aus der Sturmhaube.

9

Der Juwelier Peter Kaiser war ein alteingesessener und angesehener Kaufmann im Kreisstädtchen Biberach, knappe dreißig Kilometer nordöstlich von Eulendorf. Für ihn zählten schon immer und immer noch die kaufmännischen Werte von Wahrheit und Klarheit. Er zahlte brav seine Steuern, hatte kein Konto in der Schweiz, achtete fast schon penibel auf Geschwindigkeitsbegrenzungen und ging regelmäßig in die Kirche. Also nicht wirklich in die Kirche, sondern eben in die Synagoge. Wie das Juden nun mal so tun. Sein Geschäft erfreute sich einer guten wirtschaftlichen Entwicklung, was an der allgemeinen Prosperität der Stadt lag. Und natürlich an seinem kaufmännischen Geschick.

Eines Tages betrat ein eher mageres Bürschlein sein Geschäft, verlangte eher schüchtern den Chef zu sprechen und zog sodann aus seiner Hosentasche eine massive Goldkette hervor. Er wolle sie verkaufen und was er denn dafür bekäme. Kaiser betrachtete die Kette, prüfte sie kurz und stellte fest, dass es sich um 72 Gramm 24-karätigen Feingoldes, bekannt als 999er handelte. Bei einem aktuellen Goldpreis je Feinunze von knapp 1.000 € waren das gut und gerne 2.300 €. Und das war natürlich nur der Materialpreis. Die Kette war handwerklich hervorragend gearbeitet und ließ relativ eindeutig auf eine Herkunft aus dem Nahen Osten schließen. Wie so ein windiger Herumtreiber wie sein aktueller Besucher legal an eine derartige Kette herangekommen war, konnte und mochte sich Kaiser beim besten Willen nicht vorstellen.

„Da haben sie aber ein wirklich schönes Stück!"

„Wie viel?"

„Das kann ich Ihnen so nicht sagen. Dazu muss ich erst den Feingoldgehalt bestimmen, und das dauert eine Weile. Das kann ich erst heute Abend machen. Können sie mir die Kette solange hierlassen?"

„Wie viel denn ungefähr?"

„Ich schätze mal, so um die zweitausend Euro, eher mehr."

Die Augen des merkwürdigen Besuchers fingen zu leuchten an.

„Zweitausend?", wiederhole er ungläubig.

„Mindestens!", bestätigte Kaiser.

„Und sie verarschen mich nicht?"

„Bitte?"

„Ja, nicht dass ich ihnen die Kette dalasse, und morgen wollen sie von nichts mehr wissen!"

„Aber, aber! Selbstverständlich bekommen sie eine Quittung von mir. Geben sie mir doch bitte ihren Namen und ihre Erreichbarkeit."

„Äh, Müller, Peter Müller. Und mein Handy geht grad nicht."

„Dann vielleicht ihre Adresse?"

„Hauptstraße. Hauptstraße vier in Ravensburg."

„Wunderbar, Herr Müller. Dann schreibe ich Ihnen einen Beleg, prüfe die Kette über Nacht und morgen kann ich ihnen den exakten Geldbetrag auszahlen. Ist das für sie so in Ordnung?"

„Aber keine krummen Touren!"

„Herr Müller, ich bitte sie. Wir sind ein durchwegs seriöses Geschäft. In dritter Generation hier am Platze. Sie können sich auf uns verlassen."

„Na dann bis morgen. Ich bin um neun hier!"

Und schon war der schräge Besucher auch wieder verschwunden. Kaiser ging sofort zum Telefon und wählte die Nummer der Polizei in Biberach. Dem diensthabenden Polizeibeamten schilderte er, was ihm soeben widerfahren war, und dass ihm das insgesamt doch sehr merkwürdig vorgekommen sei. Polizeihauptmeister Bauer nahm alle Daten auf, erstellte daraus ein Protokoll und vereinbarte mit Kaiser, dass dieser morgen nicht alleine sein würde, wenn der verdächtige Goldkettenverkäufer wieder auftauchte. Nachdem er mit dem Protokoll fertig war, griff er erneut zum Telefon und rief den Polizeiposten in Eulendorf an. Dort meldete sich Weidenmann.

„Servus Manfred, hier ist der Rainer aus Biberach!"

„Ja servus Rainer, das ist ja eine Überraschung! Was verschafft mir die Ehre deines Anrufes?"

„Du, pass auf! Mich hat gerade ein ortsansässiger Juwelier angerufen und von einem merkwürdigen Besucher berichtet, der eine schwere goldene Panzerkette verkaufen wollte. Er sagte, die Kette stamme mit ziemlicher Sicherheit aus dem Nahen Osten und bringt über 2.000 Euro. Der Verkäufer sei mehr als seltsam gewesen. So ein windiges Bürschlein, Anfang zwanzig. Er hat sofort geschaltet und gesagt, er müsse die Kette erst ganz genau prüfen, könne aber dann morgen den genauen Wert auszahlen. Der Typ hat eingewilligt, heißt angeblich Peter Müller und wohnt in der Hauptstraße vier in Ravensburg. Hab ich schon gecheckt, ist Quatsch. Da wohnt kein Peter Müller. Also, der kommt morgen wieder und will sein Geld abholen. Ich hab' mir gedacht, bei dir läuft doch gerade so eine Geschichte mit einem ermordeten Araber, oder? Das könnte doch ein Hinweis sein ..."

75

„Aber klar, das könnte passen. Wie sah der Typ denn aus?"

„So ein dürrer, blasser Typ. Wie gesagt, Anfang zwanzig. Aschblonde Haare, relativ billige Klamotten. Insgesamt hat er einen eher armseligen Eindruck gemacht. Deutschsprachig, leichter schwäbischer Akzent."

„Das klingt gut. Und wann wollte der morgen wieder kommen?"

„Wahrscheinlich steht der Kerl Punkt neun vor der Tür, wenn der Laden aufmacht. Schätz ich jedenfalls mal."

„Alles klar. Ich bin da."

„Dann komm doch um halb bei uns vorbei. Wir schicken zwei Beamte in Zivil hin und gucken uns das feine Früchtchen mal etwas genauer an."

„Ok. Dann bis morgen. Und danke für den Tipp, Rainer."

„Aber sicher, Manfred, bis dann."

Immer hilfreich, wenn man ein paar gute Bekannte in benachbarten Polizeidirektionen hatte. Rainer Bauer schätzte an Weidenmann vor allen Dingen, dass er seinen Oberkommissar nicht raushängen ließ, sondern mehr Wert auf Professionalität und Erfahrung legte, als auf Dienstgrade. Und Weidenmann wusste, dass Bauer ein äußerst gewissenhafter und langgedienter Beamter war, der auch über den eigenen Tellerrand hinausdenken konnte.

Allerdings steckte er jetzt ein wenig in der Zwickmühle. Eigentlich müsste er brav in Ravensburg anrufen und seine Informationen an Felix Lang, den Noch-Leiter der Ermittlungen weitergeben. Und mit Sicherheit würde Hauptkommissar Lang sich dann artig bei ihm bedanken und ihm zu erkennen geben, dass er morgen getrost in Eulendorf bleiben könne, weil nämlich er, Lang, nach Biberach führe, um sich das Bürschlein zu schnappen. Das allerdings wäre blöd, wenn es später ums Lorbeerernten ginge. Also, mal nachdenken. Was konnte ihn formal dazu berechtigen, in einem anderen Landkreis und damit auch im Zuständigkeitsbereich einer anderen Polizeidirektion an einem Einsatz teilzunehmen, bei dem es um die mögliche Festnahme eines Verdächtigen ging, der eine hochwertige Goldkette beim Juwelier verticken wollte? Erst mal nichts. Daher musste etwas Passendes konstruiert werden. Was, wenn Bauer in einem Nebensatz erwähnt hätte, dass der Kettenverkäufer aus Eulendorf käme? Wenn er, Weidenmann, zur unmittelbaren Identifizierung hinzugezogen würde? Das wäre zwar nicht wirklich besonders stichhaltig, aber könnte irgendwie durch- oder in den nachfolgenden Ermittlungen einfach untergehen. Prima! Also dann: morgen früh auf nach Biberach.

10

In Eulendorf wohnten zwölf Familien, die halb offiziell, halb inoffiziell dem jüdischen Glauben zugehörig waren. Das heißt, dass sie nicht unbedingt nach außen hin offensiv und für jedermann erkennbar als Juden auftraten, mit Schläfenlocken und Gebetsriemen, sondern einfach samstags brav in die Synagoge gingen, mehr oder weniger koscher aßen und ansonsten vollkommen unauffällig waren. Alles sehr rechtschaffene, ordentliche und im besten Sinne „schwäbische" Bürger, die allesamt einer geregelten Arbeit nachgingen und keinen oder höchstens marginalen Kontakt mit den Strafverfolgungsbehörden hatten. Ihr Glaubensmotto könnte statt den Thora-Weisheiten genauso gut „Schaffe, schaffe, Häusle baue!" heißen. Es hatte Frau Diersmann nicht allzu viel Zeit gekostet, dies herauszufinden. Eine kurze Anfrage beim Einwohnermeldeamt zum Thema „Konfession" und ein anschließender Abgleich der Namen mit der polizeilichen Sünderkartei lieferte die gewünschten Informationen. Allerdings hätte die gewiefte Polizeimeisterin zur Ausbildung auch eine durchaus weniger anstrengende und aufwendige Methode zur Ermittlung dieser wichtigen Daten anwenden können: Nämlich einfach nur abwarten!

Am nächsten Morgen konnte jeder Eulendorfer und auch jeder andere Durchreisende ganz einfach erkennen, wo jüdische Mitbürger wohnten und wo nicht. An die Häuser der Juden waren in großen Lettern antijüdische Parolen aus vermeintlich längst vergangenen Zeiten geschmiert worden. „Juda verrecke!", „Drecksjuden raus!" und „Judensau" waren nur einige der äußerst unschönen Schmierereien. Alles natürlich plakativ in großen Buchstaben und in blutrot. Diverse Fenster waren eingeworfen worden und es gab sogar einen Fall versuchter Brandstiftung. Allerdings hatte der dilettantisch zusammengebaute Molotow-Cocktail Gott sei Dank seine erwünschte Wirkung verfehlt. Die Lunte war erloschen und die Benzinflasche ging nicht zu Bruch. Sie war einfach ohne weiteren Schaden in eine Ecke gekullert. Neun der zwölf Familien hatte es getroffen. Immerhin drei Viertel.

Unter dem Aspekt der Effizienz konnte man sich kaum ein besseres Vorgehen vorstellen. Materialeinsatz: zwei Spraydosen vom Reste-Shop, ein paar Steine von der Straße, eine Glasflasche ohne Pfand, einen halben Liter Benzin und einen alten Lumpen. Keine fünf Euro! Zeitlicher Aufwand: zirka 45 Sekunden pro Haus, also insgesamt nicht mal sieben Minuten. Wirkung: gigantisch!

Die ganze Aktion fand kurz vor vier Uhr morgens statt. Die Ersten, die vor den beschmierten Häusern auf der Straße standen, waren natürlich die Betroffenen selbst, gefolgt von ihren jeweiligen Nachbarn. Neun aufgeschreckte, verängstigte, und was die Nachbarn anging teils betroffen dreinschauende oder einfach nur neugierige und schaulustige Menschengrüppchen in Frottee-Bademänteln, Jacken, Trainingshosen und Hausschuhen. Heulende Kinder, bellende Hunde, weinende Frauen. Schummerlicht. Eine gespenstige Stimmung. Fast so wie im Bürgerkrieg. Natürlich hatten einige brave Bürger umgehend die Polizei informiert. Im Übrigen fraß sich die ganze unschöne Geschichte wie ein gewaltiges Lauffeuer durch die Stadt. Immer mehr Anwohner drängten um die betroffenen Häuser und glotzen mit offenen Mündern auf die roten Schmierereien und die eingeworfenen Fensterscheiben.

Gegen halb acht war fast ganz Eulendorf hermetisch abgeriegelt. Jeder irgendwie verfügbare fußkranke, hüftlahme, halbblinde oder kurz vor der Pensionierung stehende Beamte der Polizeidirektion war vor Ort. Dazu kam Unterstützung aus Friedrichshafen, Biberach, Sigmaringen und sogar aus Ulm. Die Bereitschaftspolizei hatte die Tatorte bereits komplett abgesichert. Zusätzlich war das Landeskriminalamt mit entsprechendem Großaufgebot im Anmarsch, der Verfassungsschutz hatte sich drangehängt und die Kohorten vom Regierungspräsidium aus Tübingen ließen auch nicht auf sich warten.

Dazu kam natürlich die gesamte Presse. Und zwar alles, was Rang und Namen hatte. Plus die ohne Rang und Namen. Zwölf große Übertragungswagen waren über die ganze Stadt verteilt, jede Menge mobiler Kamerateams rannte zwischen den neun beschädigten Häusern hin und her. Eine ganze Armee einzelkämpfender Provinzreporter und -korrespondenten sowie die komplette sonstige schreibende Zunft der erweiterten Region hatten sich ebenfalls eingefunden. Selbstverständlich war auch der lokale Schmierfink Neusch vor Ort und fuhr seine kantigen Reporterellenbogen rücksichtslos aus.

Bürgermeister Riedschmieder saß schweißgebadet in seinem Büro. Womit hatte er das bloß verdient? Frau Satterle hatte ihm schon den dritten Kaffee bringen müssen. Zusätzlich hatte er bereits zwei Cognacs gekippt. Zwei große Cognacs. Was für eine gequirlte Hühnerscheiße war das denn nun wieder? Erst wird so ein verfickter orientalischer Drogenarsch in seiner Stadt geschächtet wie ein Kälbchen am Sabbat, dann folgt eine Wiederholung der unseligen Reichskristallnacht vom November 1938. Was würde als nächstes kommen? Der auferstandene Adolf Hitler marschiert im Stechschritt über den Schlossplatz und schmettert die erste Strophe der Nationalhymne? Oder das Horst-Wessel-Lied? Riedschmieder war verzweifelt.

Nicht mehr lange, dann würde alles über ihm zusammenbrechen. Der Innenminister war bereits unterwegs. Der Regierungspräsident ebenfalls. Landrat Stein stand in wenigen Minuten auf der Matte. Er hatte sein Erscheinen in höchst aufgeregtem Ton telefonisch avisiert. Und sie alle würden wissen wollen, was da in seiner Stadt los sei. Und das wusste er natürlich selbst nicht. Keinen blassen Schimmer, nicht die leiseste Ahnung. Gott sei Dank konnte er auf die Strafverfolgungsbehörden verweisen. Sie waren es ja, die etwas zur Aufklärung beizutragen hatten.

Und auch hier hatte sich mittlerweile eine weitere Wendung vollzogen. Hatte noch vor zwei Tagen Hauptkommissar Lang als Leiter der Mordkommission mit breitem Lächeln den Provinzfall leicht süffisant an sich gezogen, war jetzt er seinerseits zum Hiwi-Idioten degradiert worden. Ein Mordfall im Nahbereich des organisierten Verbrechens und nun auch noch ein Vorfall mit antisemitischem Hintergrund rief natürlich sofort das Landeskriminalamt auf den Plan. Und das würde bald in Person eines allseits unbeliebten Korinthenkackers mit Namen Justus Gottschalk auftauchen. Ganz nebenbei war Kriminaloberrat Gottschalk der famose Kollege, dem Weidenmann sein abruptes Karriereende zu verdanken hatte, als eben dessen Nasenbein knirschend zu Bruch ging. Aber Weidenmann wusste noch nichts von seinem unsagbaren oder besser unsäglichen Glück.

Er war natürlich von der nächtlichen Unruhe in seinem Städtchen unsanft geweckt worden. Die Straße runter, etwa zwölf Häuser weiter, war einer der Anschläge verübt worden. Zwei eingeworfene Fenster und ein blutroter „Juden raus"-Schriftzug auf dem Garagentor. Weidenmann hatte gar nicht so genau gewusst, wer dort wohnt. Und schon gar nicht, dass es sich bei seinem Nachbarn um einen Anhänger des jüdischen Glaubens handelte. Irgendwie war das die ganze Zeit gar nicht wichtig gewesen, wer wann in welche Kirche rennt. Aber jetzt war das etwas Anderes.

Weidenmann war sofort zum Polizeiposten geeilt und hatte dort den Anrufbeantworter beziehungsweise die Umleitung nach Ravensburg ausgeschaltet. Dann hatte er Bechtele alarmiert. Der hatte natürlich noch selig geschlummert. Er wohnte auf einem kleinen, eingemeindeten Dorf in der Umgebung, wo nichts passiert war. Frau Diersmann hatte sich auf Weidenmanns ausdrücklichen Wunsch hin ebenfalls in Bewegung gesetzt, und da um diese Zeit noch kein Zug ging, karrte ihr Bruder sie mit dem Moped nach Eulendorf. In einer halben Stunde stände sein Polizeiposten in voller Personalstärke Gewehr bei Fuß. Das Telefon klingelte ununterbrochen. Quasi jeder Eulendorfer wollte einen Anschlag melden. Gut so! Weidenmann fasste sich extrem kurz, schnauzte die Anrufer nur an, wo es denn einen Vorfall gegeben hätte, machte ein Kreuz in seinem Stadtplan und legte mit der Bemerkung, Ruhe zu bewahren und zurück in die Häuser zu gehen, wieder auf. Ruhe war ja immer noch die oberste und erste Bürgerpflicht. Nach wenigen Minuten hatte er ein komplettes Bild der Anschlagsserie vor sich und machte nur noch ein virtuelles Gedankenkreuzchen, wenn ein aufgeregter Anrufer einen bereits schon vermerkten Tatort melden wollte. Als sich nach zwanzig Minuten kein neuer Anschlagsort vermelden ließ, zählte er kurz durch. Neun Kreuze, neun Adressen, neun Anschläge. Und immer das gleiche Spiel: rote Spraydose, ein paar Steine und als pyromanischer Höhepunkt: ein missglückter Brandanschlag mit einer alten Wodkaflasche. Wodka, das hatte der Anrufer ausdrücklich erwähnt.

Weidenmann wusste, was auf ihn zukam. In schöner Reihenfolge erst die Kollegen aus Ravensburg, später dann die Maschallah aus Stuttgart, natürlich die geliebten Freunde von der Scheiß-Presse und dann noch die politischen Schlausprecher, allen voran sein Bürgermeister. Der hatte sich wahrscheinlich schon lebhaft in die Hosen geschissen! Sehr gut! Also, Zeit für eine schöne Zigarette und ein paar kurze Besinnungsminuten, bevor die tosende Flut hereinbrach.

11

„Hast du gesehen, wie blöd diese ganzen Spackos geglotzt haben? Geil! Hammergeil!"

„Das hätten wir schon viel früher mal machen sollen! Diese Volkszecken! Jetzt ist hier endlich mal was passiert. Ein echtes Zeichen!"

„Was war mit dem Molotow-Cocktail? Warum hat der nicht gezündet? Ich hab euch doch gezeigt, wie das geht!"

„Weiß auch nicht. Die Flasche muss irgendwie unglücklich gefallen sein. Ich kann mir das nicht erklären. Vielleicht war da ein Sofa oder was mit Kissen drauf. Oder ein weicher Teppich. Wir haben echt alles nach Plan gemacht."

„Vielleicht wart ihr auch einfach wieder mal zu blöd, um das hinzubekommen. Wir haben das doch extra geübt! In der Kiesgrube. Hat doch prima geklappt, oder?"

„Ja, weiß ja auch nicht. Wir haben das Ding einfach durch's Fenster geworfen und dann ist Scheiße mal nix passiert!"

„Habt ihr wenigstens Handschuhe angehabt?"

„Klar, eh!"

„Na immerhin. Und gesehen hat euch auch niemand?"

„Nee, wir waren immer gleich weg. Wie sie gesagt haben. Mit'm Fahrrad. Wegen Kennzeichen und so …"

„Na gut. Dann verzieht euch jetzt und bleibt mal besser eine Weile unauffällig. Und kein Wort zu dem Mädchen. Habt ihr das kapiert?"

„Klar! Wir verschwinden erst mal von der Bildfläche."

„Gut. Ab mit euch!"

Das war gegen fünf Uhr morgens, unmittelbar nach den Anschlägen. Die beiden jungen Attentäter hatten an ihren

Auftraggeber berichtet und zogen jetzt von dannen. Mit den dreihundert Euro, die sie bekommen hatten, konnten sie erst mal ihren kleinen Triumph feiern und dann noch eine Weile unter der Oberfläche bleiben. Was für eine geile Nacht! Die würden sie so schnell nicht vergessen.

Er blieb noch eine Weile hinter dem alten Gedenkstein im Schlosspark stehen und schaute seinen willigen Hilfstrotteln mit gemischten Gefühlen hinterher. Zu blöd, um einen klitzekleinen Brandanschlag auszuführen. Vielleicht mussten die beiden auch irgendwann mal verschwinden. Aber das war kein Problem. Diese Vollidioten waren so heiß auf Waffen, Feuer, Sprengstoff und den ganzen Scheiß, dass er sie jederzeit bei einer kleinen Übung in der Kiesgrube eliminieren konnte. Eine allzu große Sprengladung, ein verirrter Schuss in die falsche Richtung oder ein bisschen zu viel Benzin und weg waren sie. Zwei fehlgeleitete Jugendliche, die nicht wussten, was sie taten. Schade. Traurig. Unvermeidbar.

Und doch war es gut, dass er sie und auch einen erheblichen Einfluss ihr Tun hatte. Es war sehr leicht gewesen, sie zu gewinnen. Ein paar Landser-Heftchen, ein bisschen Geld, Waffen und Munition – natürlich nur in der Kiesgrube – und eine gehörige Portion Deutsch-Nationales. Und schon hatte er seine eigene Schutz-Staffel, mit der er nach Belieben verfahren konnte.

Er drehte sich um und ging ruhigen Schrittes, die Hände auf dem Rücken gefaltet nach Hause. Vielleicht hörte er sich in seinem privaten Refugium noch kurz ein paar historische Reden zu den 38er Pogromen an, bevor der Tag begann.

12

„Weidenmann!", Gottschalk wusste natürlich, mit wem er es in Eulendorf zu tun bekommen würde. Dennoch hatte er sich keinen schlaueren Willkommensgruß ausgedacht. Kein passender Kommentar zu ihrem letzten Zusammentreffen. Keine Spitze zum Karrierebruch Weidenmanns. Einfach nur ein platt herausgehusteter Nachname: „Weidenmann!"

Oberkommissar Weidenmann war erfahren, abgebrüht und raffiniert genug, um diese Begrüßung als bloße Karikatur ihrer Unbeholfenheit zu erwidern.

„Gottschalk!", sagte er. Mit der gleichen Tonlage, dem gleichen Ausdruck, demselben nichtssagenden Tenor und einer ähnlichen Grimasse wie der Kriminaloberrat aus Stuttgart. Nur den seit damals sichtbaren Knick unterhalb der Nasenwurzel konnte er natürlich nicht so gut imitieren. So standen sie sich also gegenüber. Auge in Auge. Weidenmann war innerlich schon kurz vor einem Lachanfall. Aber er durfte sich bloß nichts anmerken lassen. Nur ein Wort, nur ein Name, einfach das blöde Spiegeln seines eingebildeten Kontrahenten von damals hatte in schon in Führung gebracht. Was war das nur für ein kleiner Wicht.

„Was soll das, Weidenmann? Wieso glotzen sie so? Wie ist der Stand der Ermittlungen?"
„Was soll was, Gottschalk? Wie glotze ich denn? Den Stand der Ermittlungen erfragen sie am besten beim Leiter der Ermittlungen, Kriminalhauptkommissar Lang, Polizeidirektion Ravensburg!"

„Falsch! Ich bin ab sofort der Ermittlungsleiter hier!"

„Wunderbar! Dann fragen sie sich doch selbst!"

„Weidenmann!"

„Gottschalk!"

Ein Außenstehender hätte wenig von dem verstanden, was da gerade vor sich ging. Gottschalk wurde puterrot. Seine fleischfarbene Dauerbadekappe mit dem zarten Haarkranz, der ihm geblieben war, fing an zu glühen. Bluthochdruck, dachte sich Weidenmann.

„Weidenmann, wenn sie hier nicht gleich kooperieren, dann, dann ...“

„Gottschalk, ich kooperiere doch. Ich bin hier aber nur ein kleiner Provinzbulle ohne Kompetenzen und Befugnisse in diesem Fall. Hauptkommissar Lang aus Ravensburg leitet die Ermittlungen und ich schreibe hier nur die Strafzettel für Falschparker. Was genau erwarten sie denn von mir?"

„Wo ist denn dieser Lang?"

„Unterwegs.“

„Was soll das heißen, Weidenmann?"

„Das soll heißen, dass er sich wahrscheinlich irgendwo in der Stadt bewegt, sich allerdings nicht bei mir abmeldet, was mir wiederum keine Möglichkeiten gibt, ihnen genauere Auskunft über seinen Aufenthaltsort zu geben, Gottschalk!"

„Für sie immer noch Kriminaloberrat Gottschalk!"

Weidenmann arbeitete in Zivil, weswegen er jetzt nicht lässig auf seine eigene Amtsbezeichnung auf den Schulterklappen zeigen konnte. Denn auch der Dienstgradniedrigere hatte natürlich Anspruch auf eine korrekte Anrede. Weidenmann stand auf.

„Herr Kriminaloberrat Gottschalk. Was kann ich denn Schönes für sie tun?"
„Wie kann ich diesen Lang erreichen?"
„Einfache Frage, einfache Antwort: 0174-121 314 88!"
„Wie?"
„0174-121 314 88."
„Schreiben sie mir das mal auf!"
„Ich bin doch nur Oberkommissar. Schreiben?"
„Weidenmann!"
„Gottschalk!"
„Jetzt schreiben sie endlich diese verdammte Nummer auf!"

Weidenmann machte eine elegante 90°-Drehung und deutete mit der aufgesetzten Grazie einer dieser strunz-doofen Werbetanten aus den Home-Shopping-Sendern auf die sorgsam arrangierte Pinnwand rechts neben ihm.

„Steht hier an der Übersichtswand! Zusammen mit allen anderen Kontaktdaten, den genauen Anschlagsorten, den dort wohnenden Familien mit Name, Alter und Beruf aller Familienmitglieder, dem exakten Wortlaut der jeweiligen Schmierereien, zum Beispiel „Judenhure!" bei Frau Filser, die alleine lebt, der Meldezeit des Anschlags, sofern bekannt und sonstigen möglicherweise relevanten Informationen. Und hier haben sie einen Zettel und einen Stift. Und ich bin jetzt weg. Muss noch ein paar Strafzettel verteilen. Ist grad günstig, bei den vielen Auswärtigen in der Stadt! Ade."

Damit drehte er sich um, marschierte schnurstracks aus der Amtsstube und kümmerte sich nicht mehr um das hinterhergebrüllte „Weidenmann! Kommen sie sofort zurück!", das ihn bin auf den Bürgersteig verfolgte. Irgendwie hatte er schon wieder dieses wilde Zucken in seiner Schlaghand, der rechten, bemerkt, das ihm schon einmal nichts als Ärger eingebracht hatte. Schön war es allerdings gewesen, festzustellen, dass Gottschalks Nase noch deutlich die Spuren der damaligen Begegnung mit seiner Faust zeigte. Die klassische Boxerfresse. Und das bei einem angehenden Kriminaldirektor! Weidenmann marschierte zum Standort der mobilen Einsatzzentrale. Diese Adresse stand natürlich nicht auf der Pinnwand. Ein wenig investigatives Engagement musste Gottschalk schon entwickeln, wenn er sich schon in seiner Stadt breitmachen wollte.

13

Das „Heuchlertreffen der ach so braven Bürger", wie Weidenmann es gerne nannte, fand normalerweise jeden Mittwochabend im gepflegten und äußerst diskreten Hinterzimmer des *Alten Schussbachwirts* in der Oberstrasse statt. Und zwar immer um neunzehn Uhr. Pünktlich! Gediegen schwäbisch, seit Generationen sicher in Familienhand, stinkreich und halt eben eine lokale Institution – das war der *Alte Schussbachwirt*, seit über zwanzig Jahren geführt von Franz Seitz jun. Obwohl der Namenszusatz *jun.* bei einem Achtundfünfzigjährigen eher merkwürdig, wenn nicht gar irreführend klang. Dieser hatte in so gut wie allem in Eulendorf seine feisten Finger drin, war nie verlegen, wenn es galt, andere Gastronomen oder Unternehmer am Ort möglichst klein zu halten und konnte von keiner seiner eigenhändig ausgesuchten Bedienungen die Blicke lassen. Gefolgt von seinen bereits erwähnten feisten Fingern. „Fummel-Franz" war denn nun auch sein interner Spitzname in Kellnerinnen-Kreisen. Das war natürlich überhaupt nicht korrekt. „Fick-Franz" wäre der Wahrheit wesentlich nähergekommen. Aber das mit der Wahrheit und mit Franz Seitz, das war nicht immer ganz einfach. Gerüchten zufolge musste man – beziehungsweise frau – sowieso erst mal die Beine breitmachen, wenn man bei Seitz arbeiten wollte. Das und das weitere „berufliche" Engagement blieb dann nicht immer ganz folgenlos und so war Franz Seitz wohl auch der größte „Alimenteur" am Platze. Damit brüstete er sich manchmal jovial im Hinterzimmer. Nach außen hin allerdings waren solche üblen Verleumdungen natürlich vollkommen tabu. Allerdings konnte so manche Polin, Tschechin, Slowakin oder Kroatin ein Lied von seinen Übergriffen hinter der Theke, im Schankkeller, in der Küche oder im Kühlraum singen. Seine Frau Ilona wusste natürlich von all dem. Hätte sie nur ein einziges Mal den Mund aufgemacht, hätte er sie wahrscheinlich totgeprügelt. So prügelte er sie immer nur halbtot, damit sie zumindest in der Öffentlichkeit noch zum Herzeigen, Repräsentieren und Scheinwahren einigermaßen taugte.

Bürgermeister Riedschmieder war selbstverständlich auch Mitglied des illustren Hinterzimmer-Ensembles. Aus seinem unmittelbaren Machtzirkel brachte er stets den Leiter des Bauamtes, Herrn Stadtbaudirektor Bertram B. Beyerle mit. Beyerle war der klassische Beamte. Oberkorrekt mit fünf „r", ein intimer Kenner sämtlicher Verwaltungsvorgänge, in seinem unmittelbaren Verantwortungsbereich Herrscher über drei Dutzend verschiedene Stempel, die er gerne auf die ihm vorgelegten Formblätter donnerte. Zudem ein Meister der weit ausholenden Unterschrift, unter die er stets seine beiden Lieblingsstempel drückte: *Regierungsoberamtsrat Bertram B. Beyerle* und *Stadtbaudirektor*. Natürlich achtete er dabei stets auf die akkurat waagerechte Platzierung seiner Machtinsignien. Kurz: ein furztrockener Bürokratenarsch, wie er im Buche stand, der zum Lachen in den Keller ging, aber den Schlüssel für die Kellertüre schon lange verloren hatte. In der freien Wirtschaft hätte er es zu nicht viel gebracht, aber im behüteten Umfeld regelmäßiger Besoldung und deutlicher linker und rechter Grenzen hatte er sich gut entwickelt. Er war Riedschmieders rechte Hand und natürlich auch immer der gleichen Meinung wie sein Chef. Das war wesentlich einfacher, als sich umständlich eine eigene Meinung auszudenken.

Dann war da noch Bäckermeister Ströbele, Rechtsanwalt Förster, der Chef der Raiffeisen Bank Mohr und der Inhaber des ortsansässigen Volkswagen-Autohauses, Richard Schweiger. Bei letzterem war allerdings Nomen nicht Omen, denn er hatte nun wirklich zu allem etwas zu vermelden. Und er wusste natürlich auch alles besser. Viel besser! Und so traf man sich also in schöner Turnusmäßigkeit und regelte informell all das, was eben zu regeln war in einer oberschwäbischen Kleinstadt. Selten zum Nachteil der Anwesenden. Zumindest lief das bislang so. Heute war auch wieder Mittwoch. Allerdings der Mittwoch nach dieser unsäglichen Hinrichtung dieses Drogenlibanesen und – noch wesentlich schlimmer – der Mittwoch nach der bereits von den schamlosen Medien so benannten „Eulendorfer Kristallnacht". Das war der Mega-Gau!

„Das bricht uns allen das Genick!", war denn auch der erste Kommentar von Schweiger.

„Wieso? Also ich kann mich nicht beschweren. Das Hotel ist komplett ausgebucht, das Gästehaus und die Ferienwohnungen ebenso, die Wirtstube ist brechend voll, und diese Journalistenbande säuft ja wie ein Loch. Alles bestens! Endlich mal was los in Eulendorf!" Für Franz Seitz jun. war die Welt in Ordnung, wenn die Kasse klingelte und das Bier floss. Feierabend!

„So, unn jetz denksch amol drei Wocha weida, du bleda Simbl! Wenn doine foine Schreiberlinge weg sinn unn sunsch au koiner mehr kummt! Wa isch dann, he?" Ströbele hatte heute zwar ebenfalls mit seinen zwei Bäckereifilialen und der Imbiss-Ecke im Supermarkt einen absoluten Rekordumsatz erzielt, aber sein kleines, stets auf wirtschaftliche Sicherheit ausgerichtetes Schwabenhirn blickte immer ängstlich in die nähere und fernere Zukunft, und da sah er schwarz. Rabenschwarz. Und er hatte natürlich auch noch recht. Welchen zweifelhaften Ruf genossen denn solche Orte, an denen irgendwann mal Schreckliches passiert war? Dachau war für immer die KZ-Stadt, und keiner dachte an das wunderschöne Schloss, die hübsche Altstadt und vor allem an die freundlichen Bürger, die nichts dafürkonnten, dass vor Jahrzehnten ein verdrehter Rassenwahn vor den Toren ihrer Stadt menschenverachtende Lager errichten ließ. Winnenden würde ewig die Amokläufer-Stadt bleiben, Amstetten die Fritzl-Stadt mit dem Vater-Tochter-Verließ. Utoya war keine wunderschöne norwegische Erholungsinsel mehr und Eulendorf war nun eben gerade die Schächterstadt mit ihrer ganz eigenen, medienwirksamen Kristallnacht geworden. Und das würde entsprechende Auswirkungen haben. Zuerst und unmittelbar auf den Fremdenverkehr, dann – etwas später – auch auf die gesamte Wirtschaft vor Ort. Nach einem kurzen Hype der Neugierigen und Schaulustigen würde der Strom der Besucher abreißen. Weniger Übernachtungen, weniger Thermenbesuche, weniger Kaufkraft, weniger Alles. Wer will schon an so einen Ort? Wo Judenhasser wohnen. Und wo schreckliche, rituelle Morde passieren. Höchstens ein paar Crime-Freaks, auf die man nicht besonders scharf war. Klar, das Leben würde mit Sicherheit weitergehen. Aber man konnte sich weiß Gott eine bessere Reklame für das kleine Städtchen vorstellen. Der nahe Bodensee war ohnehin Konkurrenz genug. Warum war der ganze Scheiß nicht einfach in Meersburg passiert? Oder in Konstanz? Oder noch besser in Wanne-Eikel, ganz weit weg? Warum nur ausgerechnet in Eulendorf!

„Jetzt hört mir auf mit dem blöden Geschwafel! Euer dämlicher Brötchenverkauf interessiert mich nicht! Ich will wissen, was da los ist in meiner Stadt und wer dahinter steckt, verdammt noch mal!", Bürgermeister Riedschmieder brüllte meist nur dann, wenn er einen seiner flachen Witze erzählt hatte und in den ersten zwei Sekunden nach der faden Pointe noch keiner mitlachte. Heute war das anders. Er hatte einen furchtbaren Tag hinter sich. Die pure Hölle!

Alle waren sie bei ihm gewesen und hatten ihm Fragen gestellt. Die hohen Herren aus Ravensburg, Tübingen und Stuttgart hatten ihm den letzten Nerv geraubt. Gefolgt von den aufdringlichen Reportern und Journalisten. Frau Satterle hatte über zweihundertfünfzig Telefonate gezählt und sein Email-Account war komplett übergelaufen. Wer, wie, wo, was, warum? Und er hatte keine einzige Antwort gehabt.

„Das Wichtigste ist doch jetzt die Frage, was wir tun und nicht, was da los war!" Klar, so konnte nur ein Rechtsanwalt denken. Förster machte eine besorgte Miene. Und Schweiger ging sogar schon den nächsten Schritt: „Wie kriegen wir den Kittel bloß wieder saubergewaschen? Wir müssen so schnell wie möglich den schwarzen Peter jemand anderem in die Schuhe schieben. Am besten diesen Arabern. Die haben sich warum auch immer unsere Stadt ausgesucht, hier ihren verschissenen Fememord begangen und dann auch noch diese Judennacht veranstaltet. Was sagt denn die Polizei dazu?"
„Das LKA hat übernommen!"
„Das LKA? Was heißt das?"

„Das heißt nichts Gutes. Erstens, dass das Ganze noch höher aufgehängt wird und zweitens, dass wir nichts davon mitkriegen. Dieser Weidenmann hat nichts mehr zu melden. Macht nur die Laufburschenarbeit. Die Ravensburger sind auch draußen. Das LKA ermittelt und gibt keinerlei Informationen nach draußen."

„Und was machen wir jetzt?", fragte Ströbele.

„Ein paar schöne Spuren auslegen …", war Riedschmieders vieldeutige Antwort.

„Wie, Spuren auslegen? Was meinst Du damit?" Seitz war zwar geschäftstüchtig, aber eben nicht wirklich schlau.

„Wir bringen das LKA eben auf ein paar Ideen. Je schneller die einen von diesen Abdullahs verhaften, desto besser für uns. Hat denn keiner einen kleinen Hinweis? Es muss doch irgendeinen Zusammenhang geben. Wieso kommen diese Scheißaraber ausgerechnet nach Eulendorf? Woher kannten die das leer stehende Haus? Woher wussten die, wo in der Stadt Juden wohnen? Hä?"

„Keine Ahnung! Und wieso überhaupt die Araber?", wollte Ströbele wissen.

„Weil wir das denen in die Schuhe schieben müssen! Damit an uns so wenig wie möglich kleben bleibt! Geht das in deinen Schädel?"

„Aber …"

„Nix aber! Ihr habt doch sicher auch ein paar von den Figuren hier in der Stadt gesehen. Und wenn nicht: dann erinnert euch halt besser! Ist doch scheißegal! Hauptsache die und nicht wir!"

„Besser erinnern …", bei Ströbele fing langsam etwas zu ticken an.

„Klingt gut!", ergänzte Schweiger „Ja, jetzt wo du's sagst. Da waren schon so merkwürdige Typen in letzter Zeit ..."

„Na prima! Jetzt habt ihr's also kapiert! Dann denkt euch mal noch ein paar schöne Geschichten aus und streut sie unters Volk. Je mehr Finger auf andere zeigen, desto weniger wird man auf uns achten. Und wo ist denn überhaupt unser nichtsnutziger Stadtschreiber Neusch, dieser alte Schmierfink? Dem müssen wir auch noch was Schönes in die Feder diktieren!" Das war quasi Riedschmieders Schlusswort zu diesem unschönen Thema. Außerdem musste er sowieso bald wieder los. Es gab noch viel zu tun.

Und damit war zumindest was das Honoratiorentreffen angeht ein erster Schlachtplan geschmiedet. In den Folgetagen quollen aus allen Ecken Hinweise auf dunkle Gestalten, die gesehen worden waren, unbekannte Südländer, die komische Fragen gestellt hatten, fiese Araber, die sich auffällig verhalten hatten und anderes merkwürdiges Gesindel, das noch nie zuvor in Eulendorf aufgetaucht war.

Stadtbaudirektor Beyerle hatte sich während der gesamten Unterredung ungewohnt ruhig verhalten und steckte jetzt mit Förster und den verbliebenen Teilnehmern noch die Köpfe zusammen. Normalerweise kommentierte er ja stets Riedschmieders Vorschläge und Ausführungen. Er war sein permanentes menschliches Echo. Der Bürgermeister hatte halt immer so tolle Ideen. Die gerade geäußerte gefiel ihm ganz besonders gut. Aber das musste ja nicht jeder unbedingt wissen.

14

„Ich will wissen, wer meinen Sohn getötet hat! Sucht ihn mir und bringt ihn mir! Lebend! Und bald! Mehr habe ich dazu nicht zu sagen."

Jassid Al-Babakoudi war ein Familienoberhaupt von altem Schlag. Ein echter Pate. Auch wenn er offiziell die Führung der Geschäfte schon vor einigen Jahren seinem ältesten Sohn Jussuf übergeben hatte, blieb er doch uneingeschränkt der alleinige Herrscher in familiären Angelegenheiten. Und auch geschäftlich war er die letzte Instanz, der ultimative Entscheidungsträger in allen wichtigen Fragen und damit die personifizierte Macht. Kein Business ohne sein wohlwollendes Kopfnicken, kein Deal ohne sein verschmitztes Augenzwinkern und schon gar keine neuen Geschäftspartner ohne seine ausdrückliche Zustimmung. Das hatte Jussuf schnell gelernt und wie selbstverständlich akzeptiert. Und deswegen hatte sein Vater auch immer noch seine schützende Hand über ihn gehalten und ihn auf Schritt und Tritt bei der Leitung des Imperiums begleitet. Doch diese Hand hatte nun kläglich versagt. Jussuf war tot. Und zwar nicht nur einfach tot, sondern ermordet. Und zwar nicht etwa bei einer Auseinandersetzung mit Feinden der Familie oder bei einer ehrenvollen Straßenschießerei. Oder wenigstens in einem unvorhersehbaren Hinterhalt. Nein. Sondern auf die schändlichste Weise, die man sich als Moslem nur vorstellen konnte. Geschlachtet wie ein elendes Stück Vieh in einem jüdischen Schächtraum. Genau deswegen war Jassid Al-Babakoudi innerlich vollkommen aufgewühlt, wild zerrissen und total verzweifelt, auch wenn er sich nach außen hin natürlich nichts anmerken lassen durfte.

Aber tief in ihm drinnen brannte ein glutheißes, unlöschbares Feuer. Er hatte seinen ältesten Sohn verloren. Seinen Prinzen. Und deswegen musste er Rache üben. Blutige, grausame Rache.

Er saß zusammen mit Fadi und Tareq, den jüngeren Brüdern des Toten, im Hochsicherheitstrakt des Babakoudi-Clans. Die Familie bewohnte eine Luxusvilla auf einer sanften Anhöhe zwischen Ravensburg und dem nahe gelegenen Bodensee. Auf fast 390 Quadratmetern Wohnfläche hatte man es sich in einem gesicherten Parkgrundstück mit über fünf Hektar einigermaßen gemütlich gemacht. Permanent waren vier Mann mit der Bewachung des Anwesens beschäftigt – zusätzlich zu all den modernen High-Tech-Sicherheitsvorkehrungen. Kameras, Bewegungsmelder, Scheinwerfer, Wärmebildüberwachung und die Hundestaffel waren rund um die Uhr im Einsatz. All das wurde aus einem hermetisch abgesicherten Kontrollzentrum überwacht. Vierundzwanzig Stunden am Tag. Lückenlos.

Bei der Unterredung ebenfalls anwesend waren die ergebenen Helfer der Familie, meist Cousins, Onkel oder sonstige nahe Verwandte, die sich um die Arbeit auf der Straße kümmerten, die Logistik betrieben oder einfach als Mädchen für alles fungierten. Obwohl sie den Begriff „Mädchen" sicherlich nicht gern gehört hätten. Bei der Besprechung waren selbstverständlich ausschließlich Männer anwesend. Sogar Jayla, die Schwester des Ermordeten und ansonsten geachtete Ratgeberin bei kniffeligen interfamiliären Angelegenheiten war heute außen vor. Reine Männersache.

Fadi, nun der neue Kronprinz, war der erste, der es wagte, zu antworten.

„Jussuf war ganz allein unterwegs an dem Abend. Tareq und ich waren in Ulm. Geschäftlich. Wir hatten ja keine Ahnung ...“

„Wie immer! Keine Ahnung!“, war Jassids Antwort. „Ich will nichts wissen und nichts hören! Ich will die Mörder!“

Damit stand er auf, warf noch einen finsteren Blick auf seine beiden Söhne und die restliche Versammlung und verschwand in seine Privaträume. Es war alles gesagt.

„Scheiße!“, war Fadis Kommentar, nachdem die Tür zum Besprechungszimmer krachend ins Schloss gefallen war.

„Scheiße, Scheiße, Scheiße!“

„Super, das bringt uns ja mächtig vorwärts. Hör auf zu fluchen und schalt dein Hirn ein. Was machen wir denn jetzt?“, das war Tareq. Er war zwar zwei Jahre jünger als Fadi, aber als Allah die Intelligenz verteilt hatte, hatte er mindestens doppelt so laut geschrien, wie sein älterer Bruder. Und mindestens auch doppelt so viel abbekommen. Fadi war mehr der Hau-drauf-Typ, der erst handelte und dann überlegte, welche Konsequenzen sein Handeln haben würde. Tareq war der filigrane Denker und Planer, der Intellektuelle.

„Wie, was machen wir jetzt?“

„Fadi, unser Vater hat uns einen klaren Auftrag gegeben. Und jetzt ist die Frage, wie wir das hinkriegen. Mein Vorschlag dazu: Du, liebster Bruder, kümmerst Dich mit deinen Männern darum, dass uns jetzt kein beschissener Mladen, Ivan oder Slatan geschäftlich in die Suppe spuckt. Die lesen nämlich auch Zeitung und wissen, dass bei uns grad die Kacke am

Dampfen ist. Und ich kümmere mich um den Rest. Also um Babas Auftrag. Ok? Erol, du hilfst mir dabei und der Rest von euch kann jetzt abschieben. Alles klar?"

Auch wenn Fadi deutlich sichtbar schlucken musste, war er zumindest clever genug um zu wissen, dass sein kleiner Bruder erheblich mehr auf dem Kasten hatte, als er. Also nickte er nur kurz, murmelte etwas von „Genau! Wir kümmern uns um die Straße und du erledigst das mit den Scheißkerlen, die Jussuf auf dem Gewissen haben!", als wäre das ein Befehl von ihm, ein Auftrag an Tareq gewesen und zog sich dann mit den anderen Clanhelfern zurück.

„Das macht doch alles keinen Sinn", sagte Tareq, als sie verschwunden waren. „Wer zum Teufel schächtet unseren Bruder? Es gibt hier fast gar keine Scheißjuden mehr, und die, die da sind, haben überhaupt nichts mit uns zu tun. Das sind alles stinknormale Spießer. Ärzte, Rechtsanwälte, Banker. Die sind noch nicht mal irgendwelche Kunden von uns!"

Erol war wie Tareq ein ruhiger Denker, ein kühler Rechner und alles andere als ein glühender Heißsporn. Er rubbelte mit Daumen und Zeigefinger an seinem enormen Riechorgan und grunzte.
„Ich glaube, dass das Ganze nur ein geschickt geplantes Ablenkungsmanöver ist. Jemand wollte Jussuf einfach beseitigen und den Verdacht in eine komplett andere Richtung lenken."
„Jaja, schon möglich, aber in welche Richtung?"
Erol lehnte sich zurück. „Jussuf ist in einem jüdischen Haus nach jüdischem Ritus geschlachtet worden. Aber wir haben

mit denen gar nichts zu tun. Was ist denn eigentlich das absolute Gegenteil von *Jude*?"

„Keine Ahnung. Moslem, Christ, Buddhist, was weiß ich?"

„Das sind ja nur andere Religionen. Wie wär's denn mit *Nazi*?"

„Wie Nazi? Was haben wir denn mit irgendwelchen Scheiß-Nazis am Hut? Da gibt es doch genauso wenig eine Verbindung zu uns."

„Da wäre ich mir nicht so sicher ..."

„Wie, nicht so sicher? Wie meinst du das?"

„Lass mich mal ein paar alte Geschichten nachprüfen, dann kann ich dir mehr sagen. Wir sehen uns heute Abend im Club."

Erol zog die Stirn in Falten, klopfte Tareq auf die Schulter und ging ebenfalls. Tareq blieb nachdenklich zurück. Auf alle Fälle musste jetzt Blut fließen. Und zwar bald. Sonst wäre der Ruf der Familie noch mehr beschädigt, als er es durch diesen verdammten Vorfall sowieso schon war. Und außerdem hatte Baba ja eine absolut eindeutige und unmissverständliche Order ausgegeben. Und sein Wille war Gesetz.

Licht!

Da war immer dieses gleißend helle Licht. Dieses furchtbare, alles in die nackte Realität zerrende, weiße Licht. Unbarmherziges Neon, das in jeden Winkel des grausamen Geschehens leuchtete. Das war das Schlimmste. Nicht das ekelige Angetatsche. Nicht die widerwärtigen, feuchten Küsse, die nassen Zungen, nicht das Gegrunze und Gejohle, nicht der Gestank nach Alkohol und nach Schweiß. Und auch nicht die gewaltsame Penetration. Wieder und wieder. Sie wusste gar nicht, wer und wie viele es waren, welche ihrer Körperöffnungen gerade betroffen war und warum das alles stattfand. Das war jetzt auch egal. Das war nicht das Wesentliche. Aber all das fand in diesem harten, unbarmherzigen Licht statt.

Sie schloss die Augen.

Das Licht leuchtete einfach weiter, so als wären ihre Augen weit geöffnet.

Ganz fest presste sie die Augen zu und hielt sich beide Hände vor die Augen.

Keine Veränderung. Sie konnte das Licht nicht ausschalten. Es war jetzt immer da. Es wurde ihr ständiger Begleiter. Es blieb einfach hell, Tag und Nacht.

Und es zeigte ihr immer die gleichen Bilder. Verschwitzte Männergesichter. Dämliches Grinsen. Schweiß, Spucke. Sperma, später auch Blut. Und Urin. Als sie schließlich keine Lust mehr zum Ficken hatten und einfach auf das wehrlose Bündel am Boden pissten. Dann kamen auch die ersten Tritte. Und die glühenden Zigaretten.

Und dann war es plötzlich still. Ganz still. Und hell. So furchtbar hell ...

16

„So, was ist denn jetzt mit den bisherigen Ermittlungser-
gebnissen, Fräulein ... äh ...", Kriminaloberrat Gottschalk rumpelte mit lautem Getöse in die Eulendorfer Polizeiwache und
verlangte nach Informationen. „Ich leite jetzt ja schließlich die
ganze Chose hier!"

„Frau!"

„Wie bitte?"

„Frau. Entweder *Frau Diersmann* oder *Polizeimeisterin zur
Ausbildung Diersmann*, aber ganz bestimmt nicht *Fräulein
Äh*!"

Die angehende Polizistin hatte sich fast militärisch korrekt
vor den alternden Oberrat gestellt, tadellose Uniform, die
Krawatte wie eine Eins gebunden, sauber gebügeltes Diensthemd und perfekt sitzende Hosen. Den Blick frei gerade aus,
direkt in die schmalschlitzigen Schweinsäuglein des Vorgesetzten.

„Was fällt ihnen denn ein? Sie sind wohl nicht ganz über
die Unterstellungsverhältnisse hier informiert! Soll ich ihnen
das mal erklären?"

Gottschalk hatte bei diesen Sätzen schon wieder eine
leicht rosa Gesichtsfarbe angenommen.

„Ah, Herr Bechtele, können sie mir mal schnell die Nummer der Gleichstellungsbeauftragten heraussuchen, bitte?
Ich glaube, hier entsteht gerade eine interessante Situation."

„Sind sie größenwahnsinnig geworden? Ich habe hier einen Mord aufzuklären und keine Zeit für ihren blöden Eman-
zenkram!"

Jetzt war der Kriminaloberrat bereits zwischen rosa und Purpur angelangt, die Stimme fing an zu zittern und es zeigten sich erste Schweißperlen.

„Herr Bechtele, ich bin mir mittlerweile sogar ganz sicher, dass das hier eine sehr interessante Situation ist!"

„Ja was ist denn das für ein Affenzirkus hier? Wie heißen sie? Bechtele! Los, was ist denn nun mit dem Stand der Ermittlungen? Wo sind die Akten? Die Verhörprotokolle? Ich brauche das asap auf meinem Schreibtisch!"

„Wa isch? I henn grad ned zughörd?"

Bechtele at his best! Manchmal war sein schlichtes Gemüt einfach unbezahlbar.

„Ich werde wahnsinnig! Auf meinen Schreibtisch! Die Akten! Sofort!"

„Ah, sie hänn abr au do gar koin Schreibdisch."

„Ich dreh durch! Wo ist dieser Weidenmann?"

„Strafzettel schreiben, wie sie es ihm aufgetragen haben!", kam die prompte Antwort der hübschen Polizeianwärterin.

„Das hat noch ein Nachspiel! Sie werden das hier noch bitter bereuen!", brüllte der nunmehr puterrote Gottschalk, machte auf dem Absatz kehrt und donnerte die Tür des Polizeipostens ins Schloss, dass das darüber hängende Bild des Ministerpräsidenten bedenklich wackelte.

Diersmann und Bechtele schauten sich kurz an, dann explodierte ein schallendes Gelächter, das sich erst nach einigen Minuten wieder komplett gelegt hatte. Nachspiel. Das würde sicher spannend werden. Diersmann schnappte sich das Telefon und kontaktierte Weidenmann. Der kommentierte das gerade Geschehene ebenfalls mit einer herzlichen Lachsalve,

lobte seine beiden Mitarbeiter ausdrücklich für ihre „Korrekt-
heit" im Umgang mit dem LKA-Beamten und beschloss, Gottschalk unmittelbar auf eine kalte Spur zu führen.

Schon klingelte das Telefon des Stuttgarter Kriminalisten.
„Gottschalk hier, was gibt's?", brüllte dieser in sein Handy.
„Ah, Herr Kriminaloberrat Gottschalk, gut, dass ich sie er-
wische. Weidenmann hier. Ich brauche dringend den Rat eines wirklich erfahrenen Kollegen. Hier steht ein Fahrzeug zu
etwa einem Viertel im absoluten Halteverbot. Soll ich den
jetzt aufschreiben oder lieber ..."
„Weidenmann! Sind sie komplett verrückt? Ich arbeite an
einem komplizierten Mordfall und nicht an ihrem Dorfpolizei-
Scheiß! Von mir aus lassen sie die Karre verschrotten! Ich
brauche die Akten des Falls und zwar zügig. Ihre beiden Idio-
tenkollegen waren nicht in der Lage, mich auf den aktuellen
Stand zu bringen. Sie kommen jetzt sofort aufs Revier! Haben
sie mich verstanden?"
Mittlerweile überschlug sich Gottschalks Stimme. Er schrie
förmlich in sein Telefon.
„Erst Revier oder erst abschleppen?"
„Weidenmann! Revier! Sofort!"
Wenig später übergab Weidenmann nach einer umfangreichen Entschuldigungskanonade (ja, die Kollegen seien wirklich ein wenig schwerfällig, aber man sei hier auf dem Lande,
und Frauen im Dienst, na ja, da sei man sich ja wohl einig ...)
ein hochbrisantes Dossier an den Leiter der Ermittlungen. Besonders die ortsansässige Jung-Nazibande fand dort Beach-
tung und Weidenmann empfahl seinem Erzfeind ein ausführliches Verhör dieser schrägen Gestalten. Dieser zog auch so-

fort von dannen, denn wegen des Platzmangels im Polizeiposten hatte er sein Hauptquartier im Schloss aufgeschlagen, wo ihm der Bürgermeister einige Räume zur Verfügung stellen konnte. Dann wurden jetzt erst mal diese braunen Dorfnazi-Deppen in die Mangel genommen. Irgendetwas Verwertbares würde dabei schon rauskommen.

17

Die heimliche Leidenschaft der schönen, jungen Polizei-
meisteranwärterin Diersmann war das Naschen. Man sah ihr
das allerdings nicht an, da sie sehr konsequent dabei vorging.
Gefrühstückt wurde ganz normal, mittags gab es einen leichten Salat oder Hüttenkäse mit Tomaten und abends eine
kleine Mahlzeit ohne Kohlenhydrate. Dazu regelmäßig Sport,
Radfahren oder Joggen und zweimal die Woche ging's ins Fit-
ness-Studio – Krafttraining oder Gymnastik. Allerdings am
Nachmittag, so zwischen drei und vier, musste dringend etwas Süßes her. Ein Nusshörnchen, eine Puddingschnecke, ein
Schoko-Croissant oder ein Stück Kuchen. Apfel, Zwetschge,
Kirsch, alles egal, Bienenstich ging auch und besonders hoch
im Kurs stand Käsekuchen mit Aprikosen. All diese Kalorien-
bomben erstand sie frisch und in allerbester Qualität in der
Bäckerei Ströbele, nur zwei Gehminuten von der Polizeiwache
entfernt. Dort arbeitete nachmittags immer Eva, die neun-
zehnjährige Bäckerstochter im Verkauf. Anfangs war sie der
Polizistin gegenüber sehr respektvoll und zurückhaltend auf-
getreten, aber mittlerweile lächelte sie schon, wenn sich die
Tür öffnete und die hübsche Uniformierte erwartungsfroh vor
den Tresen trat. Abgesehen von der fachlichen Beratung, was
denn heute wohl besonders lecker wäre, war es mittlerweile
auch schon zu privatem Small Talk gekommen. Schließlich waren die beiden Frauen gerade mal drei Jahre auseinander.

Als die blonde Polizistin heute den Laden betrat, traf sie
allerdings auf eine sehr ernste Eva.
„Ich muss sie mal was fragen, sie sind doch bei der Polizei,
gell?"

Wie immer in tadelloser Uniform fiel es der angehenden Polizeimeisterin nicht wirklich schwer, mit einem zuversichtlichen Nicken zuzustimmen.

„Also, sagen sie mal, kann man eigentlich eine Vermisstenanzeige aufgeben, wenn man gar nicht genau weiß, ob jemand auch wirklich vermisst wird?"

„Man kann immer mit der Polizei reden, wenn einem etwas komisch vorkommt. Um was genau geht's denn da?"

„Ich weiß ja auch nicht, und vielleicht geht mich das auch gar nichts an. Aber komisch ist das schon …"

„Wollen wir das hier besprechen, oder sollen wir uns woanders treffen. Bei uns auf dem Polizeiposten oder eher auf neutralem Boden?"

„Irgendwo anders wäre mir lieber. Ich hab um vier frei. Im Schlosspark, beim Springbrunnen?"

„Alles klar. Wir treffen uns Viertel nach vier. Und was nasche ich denn heute?"

„Granatsplitter sind heut ganz frisch!", grinste Eva erleichtert.

Judith Diersmann frönte ihrem nachmittäglichen Laster mit einem doppelten Espresso mit braunem Zucker und dem gerade erworbenen Granatsplitter. Natürlich war das eine megafette Kalorienbombe, aber ansonsten war sie ja wirklich sehr konsequent mit ihren Mahlzeiten, und ein kleines Vergnügen brauchte der Mensch eben. Die Espressomaschine hatte sie höchstpersönlich auf die Wache mitgebracht, um ihr nachmittägliches Ritual auch angemessen zelebrieren zu können. Das ging ihrer Meinung nach eben nicht mit diesem Kapselzeug und schon gar nicht mit irgendwelchem Pulver. Frisch gemahlene Bohnen und ordentlich Druck – dann wurde ein guter Espresso draus. Vergeblich hatte sie Bechtele versucht beizubringen, was der Unterschied zwischen einem Espresso und *Expresso* war.

Zehn nach vier marschierte die junge Polizistin in den nahegelegenen Schlosspark. Viel los war hier um diese Zeit nicht. Die meisten Kurgäste waren noch mit ihren Anwendungen beschäftigt, der Rest saß bei Kaffee und Kuchen oder schon beim ersten Viertele. Auch beim kleinen Springbrunnen waren fast alle Bänke frei. Eva war noch nicht zu sehen. Also ließ sich die Uniformierte nieder und genoss ein wenig die Ruhe und den Frieden der schönen Grünanlage. Aber schon nach drei Minuten erkannte sie die eher zierliche Gestalt der jungen Bäckerstochter, die auf sie zukam. Sie winkte ihr zu und setzte ein freundliches Lächeln auf. Nicht zu freundlich, denn schließlich war sie ja im Dienst und nahm quasi gleich eine Art Anzeige oder zumindest ein Protokoll auf. Sie war gespannt, was sie erwartete.

„Hallo Frau Diersmann! Oder muss ich ‚Frau Polizistin' sagen? Ich weiß das gar nicht ..."

„Frau Diersmann ist vollkommen o.k. So, was gibt's denn? Wer wird denn vielleicht vermisst, wenn ich das vorhin richtig verstanden habe?"

„Also, ich weiß das ja auch nicht genau, aber das ist jetzt ein halbes Jahr her, und ich weiß nicht, was ich glauben soll. Es geht um Folgendes: Ich habe eine sehr gute Freundin, eigentlich meine beste Freundin, die Sandra. Wir sind gemeinsam zur Schule gegangen und haben immer alles zusammen gemacht. Auch noch, als sie angefangen hat, in Biberach zu studieren. Ich wollte das ja auch, aber mein Vater hat drauf bestanden, dass ich erst mal eine Lehre bei ihm im Betrieb mache. Er hat gesagt, dass er mir hinterher alles finanziert, was ich will, aber zuerst kommt die Bäckerei. Und jetzt ist Sandra verschwunden! Sie war erst im ersten Semester an der FH und ihr Vater behauptet, sie macht jetzt ein Auslandssemester mit Stipendium in den USA. Ich hab mich da erkundigt. Das geht erst nach dem Vordiplom. Und außerdem hör und seh ich nichts mehr von Sandra. Kein Anruf, keine What's App, keine Mail, nix! Ich hab noch nicht mal ihre Adresse oder die der Uni, wo sie angeblich ist. Ich hab ihren Vater gefragt, aber der sagt nur, dass Sandra sich auf ihr Studium konzentrieren muss, und dass ich vielleicht sowieso nicht mehr der richtige Umgang für sie bin. Der denkt wohl, seine Tochter sei was Besseres. Aber da stimmt was nicht, das weiß ich genau!"

Eva hatte sich fast ein wenig in Rage geredet bei ihrem kleinen Bericht. Die angehende Polizeimeisterin blickte sie ernst an, nickte und stellte ein paar Fragen.

„Ihr wart also so richtig dicke Freundinnen?"

„Ja, fast wie Schwestern. Wir haben uns jeden Tag gesehen. Und sie hat nie gedacht, dass sie was Besseres sei. Und von Ausland war nie die Rede. Das hätte sie mir doch erzählt. Hundertprozentig!"

„Und das ging von heut auf morgen?"

„Ja, wir haben uns nachmittags noch gesehen und am nächsten Tag war sie weg. Einfach so. Ich hab das meinen Eltern erzählt, aber die haben nur gesagt, dass uns das nichts angeht. Sonst hat auch niemand was von dem Auslandssemester gewusst."

„Das ist allerdings schon merkwürdig. Und Sandras Vater?"

„Das ist der Leiter vom Bauamt. Ich mag den nicht. Ein richtiger Fiesling. So ein Spießer!"

„Der Leiter vom Bauamt! Herr Beyerle. Aha. Ich glaub, dem werden wir mal einen Besuch abstatten."

„Aber nichts von mir sagen!"

„Keine Angst, erst mal nicht. Mit wem war denn Sandra sonst noch befreundet? Hat sie denn sonst keiner vermisst? Was ist denn mit der Mutter?"

„Die Mutter ist vor vier Jahren gestorben. Ganz schrecklich, an Krebs. Seitdem waren wir auch noch enger zusammen. Sandra hat mir immer alles erzählt. Was sie denkt und wie sie fühlt. Die anderen Freundinnen aus der Schule waren irgendwie weiter weg und von ihren Kommilitonen weiß ich nichts, da hatte ich keinen Kontakt. Mit Anna, Elli und Jayla hatten wir in letzter Zeit öfter was unternommen, die haben auch studiert, aber nicht in Biberach."

Plötzlich stocke Eva. Sie schluckte. Sie starrte gerade aus.

„Und wer ist das, Anna, Elli und Jayla?", fragte Judith Diersmann geduldig nach einer kleinen Pause.

Eva war etwas blass geworden. Mit kaum hörbarer Stimme hauchte sie: „Anna wohnt in Wildsee, Elli ist die Tochter vom Autohaus Schweiger und Jayla ... das ist die Schwester des Toten aus dem Judenhaus."

Keine zehn Minuten später berichtete die zukünftige Polizeimeisterin ihre neuen Erkenntnisse direkt an Weidenmann. Der hörte sehr aufmerksam zu und kommentierte dann mit ruhiger Stimme: „Sehr gut gemacht, Frau Diersmann!"

Das „Frau" hatte er besonders betont.

„Die Sache stinkt in der Tat ein wenig. Junge Studentinnen verschwinden nicht einfach so, ohne ihrer besten Freundin was zu sagen. Versuchen sie die Kontaktdaten dieser drei Mädels heraus zu finden. Außer die dieser Jayla. Wir wissen ja, wo diese Babakoudis wohnen. Oder hat die vielleicht eine eigene Wohnung?"

„Kann ich nicht sagen."

„O.k. Dann forschen sie doch mal nach. Ich möchte mit den jungen Damen reden. Aber zuerst schnapp ich mir mal diesen Beyerle. Hat zwar wahrscheinlich nichts mit unserem aktuellen Fall zu tun, aber das ist ja auch gar nicht mehr unser Fall. Offiziell jedenfalls nicht."

In Weidenmanns Augen blitzte etwas auf, was man mit etwas Beobachtungsgabe als Spürsinn oder Instinkt deuten könnte.

„Alles klar, Chef. Ich kümmere mich sofort drum!"

„Danke. Übrigens: Immer schön korrekt mit Herrn Kriminaloberrat Gottschalk umgehen. Und immer gut, wenn sie einen Zeugen bei ihrem blöden Emanzenquatsch dabei haben."

Weidenmann zwinkerte seiner Kollegin wohlwollend zu und wendete sich zum Gehen.

„Aber immer doch, Herr Oberkommissar!", antwortete diese, nachdem sie zackig Hab-Acht-Stellung eingenommen hatte. Und grinste dabei fast ein wenig zu schelmisch.

„Verdammt hübsches Ding", dachte sich Weidenmann, als er sich auf den Weg zur Stadtverwaltung machte. „Wenn ich zehn Jahre jünger wäre ..."

Aber Weidenmann kannte sein Alter nur zu gut und schätzte seine Chancen bei der holden Weiblichkeit sehr realistisch ein. Außerdem hatte er eher wenig Lust auf eine feste Beziehung und alles andere war ihm sowieso zu aufwendig. Und noch viel wichtiger: Er hatte soeben eine lauwarme Spur entdeckt, und sein flinkes Kriminalistenhirn spielte gerade ein paar sehr interessante Varianten durch.

18

„Alles ganz einfach, mein lieber Freund. Du musst mir nur ein paar Namen sagen. Vielleicht reicht sogar auch nur einer. Denk doch mal ein bisschen nach. "

Erol war bei solchen Angelegenheiten anfangs immer mehr als freundlich, fast schon zuvorkommend. Er hatte sich ein wenig umgehört und war natürlich sehr schnell auf die Eulendorfer Braunriege gestoßen. Allerdings hatte er auch sehr schnell herausgefunden, dass diese lächerlichen Gestalten höchstens als Handlager in Frage kamen. Aber immerhin konnten sie wichtige Informationen besitzen oder sogar eine direkte Verbindung zu dem oder den Mördern seines Cousins unterhalten. Also konnte man ja mal höflich nachfragen. Er hatte sich mit Said, einem weiteren straßenkampferprobten Familienmitglied, auf den kurzen Weg in die Provinz gemacht und Peter Rauscher alias Sturm auf dem Heimweg von der Kneipe abgepasst. Da der fast jeden Abend in seiner Stammkneipe abhing, war das nicht weiter schwer gewesen. An der Ecke zur Schlosstrasse hatte zuvor ein gezielter Steinwurf die Straßenbeleuchtung außer Funktion gesetzt. Sturm bog gerade um die Ecke. Ganz beiläufig und natürlich zunächst ohne den geringsten Einsatz körperlicher Gewalt sprach Erol den Heimkehrer kurz von der Seite an.

„Guten Abend, mein Freund. Sag mal, bist du nicht der Chef von der Schutzstaffel hier im Ort?"
Sturm hatte zunächst gar nicht geschaut, wer ihn da anspricht und nur „Geht keinen was an!" geknurrt.

„Seh ich etwas anders. Und meine Familie übrigens auch!", war die immer noch sehr zurückhaltend vorgetragene Antwort Erols.

Beim Anblick seines offensichtlich arabisch-stämmigen Gegenübers gefror Sturm das Blut in den Adern und sein Gesicht wurde weißer als ein frisch gebleichtes Bettlaken. Er kannte Erol zwar nicht, konnte aber dennoch unmittelbar die Verbindung zum Mord an Jussuf Al-Babakoudis herstellen. Er blieb unvermittelt stehen.

„Was willst du von mir?"

„Alles ganz einfach, mein lieber Freund. Du musst uns nur ein paar Namen sagen. Vielleicht reicht sogar auch nur einer. Denk doch mal ein bisschen nach."

„Ich weiß nicht, was du willst. Und ich bin auch nicht dein Freund!"

„Nicht mein Freund? Aber, aber! Wer nicht mein Freund ist, der ist mein Feind, und das willst du doch nicht wirklich sein, oder?" Der Ton wurde jetzt schon ein wenig frostiger.

„Ist mir egal, ich hab nichts mit dir zu schaffen. Lass mich in Ruhe. Ich hab keine Ahnung, was du von mir willst!" Sturms Stimme klang gewollt bestimmt, zitterte aber bereits erheblich.

„Dann helfe ich dir mal ein bisschen, mich besser zu verstehen ...", säuselte Erol, schnappte sich mit einem blitzschnellen Griff Sturms rechten Arm und verdrehte ihn im Nu so, dass sich der schmale Jung-Nazi auf dem Boden wiederfand, bevor er überhaupt verstand, wie ihm geschah. Eine Hand wie ein Schraubstock drückte seinen Kiefer seitlich auf den Gehsteig, seine Knie waren hart und schmerzhaft auf das Pflaster geknallt, und eine andere Hand bog seinen Arm so stark nach hinten, das Sturm dachte, er müsse jeden Augenblick aus dem Gelenk springen.

„Also, mein Freund", zischte eine Stimme an seinem linken Ohr „Was weißt du über den Mord an meinem Cousin? Ich schlag dir jeden Zahn einzeln aus, wenn du dich dumm stellst. Also versuch's gar nicht erst!"

Sturm stöhnte vor Schmerzen und wand sich, hatte aber keine Chance sich auch nur ansatzweise zu befreien.

„Nichts, ich hab damit nichts zu tun!", stieß er zwischen keuchenden Atemzügen hervor.

„Das ist schade. Schade für dich und sehr schade für deinen kleinen Finger!"

Und schon spürte Sturm, dass sich an dem ohnehin schon schmerzhaft nach hinten verbogenen Arm ein weiterer, noch viel stechenderer Schmerz bemerkbar machte. Sein kleiner Finger schien zu brennen und das Feuer wurde offensichtlich immer heißer. Als ob sich ein Ring aus glühendem Eisen um sein Gelenk schloss – kaum auszuhalten. Und dann hörte er dieses schauerliche Geräusch, dieses kurze Knacken, diese kleine Explosion. Als ob ein Stück Hartplastik zerbrach. Peng. Und dann fuhr eine Feuerwelle durch seinen Körper, die alles in den Schatten stellte, was er bisher erlebt hatte. Für einen kurzen Augenblick hoffte er, in die rettende Bewusstlosigkeit zu gleiten, aber da war ein leichtes Nachlassen der Schraubstockhand, die seinen Kopf ein wenig schüttelte und dann war da wieder diese zischende Stimme.

„Das muss alles nicht sein, glaub mir. Einfach nur ein paar Namen. Einen kleinen Hinweis. Einen Tipp unter Freunden. Wenn du den Helden spielst, bist du in einer halben Stunde ein Held ohne Finger und dann auch ohne Zähne. Und mal sehen, was ich dir danach abschneide."

Wie zur Bekräftigung des gerade Gesagten, schnippte die Stimme kurz an seinen in Windeseile dick geschwollenen kleinen Finger. Ein frischer Schmerz zuckte durch Sturm und er fing an zu wimmern.

„Ja, ja, ich sag's, ich sag's!"

„Na siehst du, mein Freund. Alles ganz einfach. Ich höre", flötete Erol und hielt seinen Kopf tiefer nach unten, um besser hören zu können. Als Sturm zitternd seinen Mund öffnete, hauchte er nur einen einzigen Namen. Aber das reichte für Erol. Der wusste, dass er den kleinen Verräter früher oder später auch würde beseitigen müssen. Aber andere Dinge hatten jetzt eindeutig Vorrang. Er löste seinen Griff. Stöhnend rollte Sturm zur Seite. Er hatte sich komplett eingenässt und wimmerte leise vor sich hin. Mit einem lässigen Tritt, der Sturm drei seiner oberen Schneidezähne kostete, verabschiedete sich Erol von seinem Gesprächspartner.

„Auf Wiedersehn, mein lieber Freund. Und nochmals vielen herzlichen Dank für deine Kooperation."

Erol sammelte seinen stillen Begleiter ein, der die ganze Zeit eingreifbereit im Hintergrund stand, und beide gingen zurück zum Wagen. Noch auf dem Weg dahin zückte er das Handy und brachte seinen Cousin auf den neuesten Stand seiner Erkundigungen.

19

Am nächsten Morgen traf Weidenmann kurz vor halb neun auf der Polizeidirektion Biberach ein und marschierte direkt ins Büro seines Kollegen Bauer. Der erfahrene Polizeihauptmeister empfing ihn mit einem frisch aufgebrühten Kaffee und einem knusprigen Nusshörnchen.

„Das ist aber ein Service hier! Ich glaub, ich komm öfter mal vorbei."

„Jederzeit gerne, Manfred. Trink deinen Kaffee und hau rein. In fünf Minuten gehen wir los. Der Juwelier hat einen unauffälligen Hintereingang in der Radgasse. Von da aus kommen wir in seine Werkstatt und dann in einen separaten Raum, in dem die richtig wohlhabenden Kunden bedient werden. Muss ja nicht jeder sehen, wer was kauft. Dort können wir uns aufhalten und zuschlagen, wenn's so weit ist. Ich hab noch zwei Kollegen in zivil, die den Vordereingang absichern. Kann also eigentlich nichts schiefgehen."

„Schiefgehen kann immer irgendwas, aber hört sich gut an, was du geplant hast. Bewaffnet wird unser *Herr Müller* ja wohl nicht sein, oder?"

„Kann schon sein, dass er ein Messerchen dabei hat, aber mehr trau ich dem nicht zu. Wenn er rumzickt, lassen wir ihn durch den Haupteingang entkommen und meine Kollegen machen dann den Rest. Eine Geiselnahme halte ich für ausgeschlossen. Dazu hat der nicht die Eier in der Hose. Und ich hab Kaiser instruiert, dass er keine Heldennummer versuchen soll. Aber dazu ist der sowieso viel zu brav. Na, immerhin hat er wirklich schnell geschaltet und uns angerufen."

„Das stimmt. Hätt' ja auch die Klappe halten und den Kettenmann übers Ohr hauen können. Hauptsache, die Kasse stimmt."

„Nicht bei Kaiser. Der hat schon mal einen Geldbeutel mit dreihundert Euro aufm Fundamt abgegeben. Das hätten nicht viele gemacht."

„Da hast Du recht. Und Ehrlich währt am längsten."

„Genau! Bist du fertig?"

„Klar, wir können los!"

Die beiden marschierten in Richtung Innenstadt, überquerten den Marktplatz und näherten sich von hinten dem Juweliergeschäft. Kaiser wartete schon hibbelig hinter der Tür und öffnete sofort, als er Hauptmeister Bauer erkannte. Der stellte seinen Kollegen vor.

„Guten Morgen, Herr Kaiser. Das ist mein Kollege aus Eulendorf, Polizeioberkommissar Weidenmann. Er unterstützt mich hier sozusagen. Amtshilfe."

„Ah, guten Tag, Herr Weidenmann. Herr Bauer. Kommen sie doch rein, bitte. Bitte, hier entlang."

Kaiser geleitete die beiden Polizisten durch die Werkstatt, in der es mehr als aufgeräumt aussah. Soweit Weidenmann das beurteilen konnte, war alles exakt an seinem Platz, nichts lag irgendwo herum und vom Boden konnte man essen. Nach dem Einsatz die Schuhsohlen nach eingetretenem Goldstaub zu untersuchen war also wahrscheinlich zwecklos. Kaiser zog einen schweren Samtvorhang beiseite und deutete mit einer einladenden Geste in den nächsten Raum. Hier war alles vom Feinsten. Blitzsaubere Vitrinen, kleine Tischchen, gemütliche Sessel und eine ausgeklügelte Beleuchtung. Nicht grell und blendend, aber trotzdem so hell, dass man hochwertige Schmuckstücke angemessen betrachten und wohl auch bewerten konnte.

„So", sagte Kaiser, „Hier geht's dann in den Verkaufsraum. Wir öffnen in genau sieben Minuten. Wenn sie sich hier aufhalten, können sie alles sehen und hören. Außerdem", sagte er und klappte eine unauffällige Holzvertäfelung zur Seite, „können sie hier auch genau sehen, was weiter vorne passiert. Ich habe vier Kamerapositionen."

Weidenmann und Bauer blickten auf sechs Bildschirme. Vier zeigten den leeren Verkaufsraum aus unterschiedlichen Winkeln, einer überwachte den Hintereingang und einer den Haupteingang.

„Das ist wegen der Versicherung. Ohne Kameraüberwachung kriegen sie heute gar keine Police mehr. Gott sei Dank habe ich das noch nie gebraucht."

Kaiser blickte zur Decke und schickte wohl gerade ein Stoßgebet zu seinem Gott.

„Na, das soll ja auch so bleiben.", beeilte sich Bauer hinterher zu schieben. „Wir glauben, dass wir es mit einem ganz kleinen Fisch zu tun haben. Wahrscheinlich kommt der ganz artig mit uns mit und macht keinen Ärger. Wir haben außerdem noch zwei Kollegen draußen positioniert. Zur Verstärkung."

„Das ist gut. Man weiß ja nie, was diesen Jugendlichen so einfällt. Die gucken ja den ganzen Tag Horrorfilme und solche Sachen. So, aber jetzt muss ich das Licht einschalten und aufsperren. Ah, erst natürlich noch die Alarmanlage!"

Kaiser drückte auf mehrere Schalter, einige Leuchtanzeigen sprangen von Rot auf Grün, das Licht im Verkaufsraum ging an und der Juwelier marschierte wie ein Torero durch sein Reich in Richtung Haupteingang. Eine weitere Schalterfolge ließ die Schutzgitter nach oben fahren und schließlich öffnete Kaiser die Tür. Ein zartes Ding-Dong ertönte und läutete den Arbeitstag ein. Kaiser baute sich hinter einer Vitrine auf und fing an, irgendwelche Tütchen mit Schmuckstücken zu sortieren. Jedenfalls sah das so aus.

09:04 Uhr.

Die Tür öffnete sich mit einem heftigen Ruck und Bauer und Weidenmann schmunzelten. Da war ja ihr Delinquent. Pünktlich wie erwartet. Kapuzenpulli, alte, abgewetzte Jeans, abgetretene Turnschuhe, die wohl noch nie tatsächlich beim Turnen zum Einsatz gekommen waren und ein Gang wie ein Westernheld, dem man vor nicht allzu langer Zeit wirklich kräftig in die Klötze getreten hatte. Er steuerte unmittelbar auf Kaiser zu.

„Und? Was ist mit der Kette?", *Guten Morgen* schien im Wortschatz des jungen Mannes keine besonders wichtige Rolle zu spielen.

„Ah, der Herr Müller mit der schönen Goldkette. Ich hole sie sofort aus der Werkstatt. Einen Moment, bitte."

Kaiser machte einen angedeuteten Diener und verschwand nach hinten. Weidenmann und Bauer beobachteten noch ein paar Sekunden lang den Kettendealer. Er wirkte nervös, blickte sich immer wieder um und wippte mit seinem rechten Fuß als wolle er eine Bassdrum am Laufen halten.

„Das ist Richard Fatscher, einer von den Nazi-Jungs aus Eulendorf. Ich kenn das windige Bürschlein", murmelte Weidenmann.

Auf einem anderen Bildschirm sah man jetzt zwei Männer, die sich unauffällig vor dem Juweliergeschäft in Position brachten. Bauers Kollegen. Weidenmann und Bauer nickten sich kurz zu, dann waren sie mit drei schnellen Schritten im Verkaufsraum.

„Guten Tag, werter Herr Fatscher! Möchten sie ein Hakenkreuz vergolden lassen?" Weidenmann hatte die Ansprache übernommen, denn selbstverständlich kannte Fatscher den Oberbullen seiner Heimatstadt. Seine Reaktion war entsprechend.

„Scheiße! Bullen! Was soll das denn? Was wollt ihr von mir?"

„Och, da fällt uns doch was ein, oder", schmunzelte Weidenmann und blickte zu seinem Kollegen. „Aber das klären wir nicht hier. Wir machen einen schönen Spaziergang zur Polizeidirektion und plaudern ein wenig miteinander."

„Und wenn ich keine Lust habe? Ich muss da gar nicht mitkommen! Ich kenn meine Rechte!"

„Au weia! Erwischt! Bauer, was machen wir denn da? Der kennt seine Rechte!"

„Ja blöd! Aber ich hab eine Idee: Vorläufige Festnahme wegen Hehlerei, Verdacht auf Diebstahl und wenn wir's gut hinkriegen – Mordverdacht!"

„Seid ihr bescheuert? Mord? Was wollt ihr mir denn da für ne Scheiße anhängen?"

„Und Beamtenbeleidigung kommt dann jetzt auch noch dazu. Also, gehen sie so mit oder möchten sie die Handschellennummer? Was ist ihnen lieber?"

Auf ein Handzeichen Bauers waren jetzt auch die beiden Zivilbeamten an die Eingangstür getreten und ließen keinen Zweifel daran, was sie hier zu suchen hatten. Zippo atmete hörbar aus.

„Ich sag nichts. Ich hab auch nichts gemacht!"

„Fürs erste reicht einfach nur Mitkommen, den Rest sehen wir dann", raunzte Weidenmann.

Und schon trotteten die beiden Polizisten mit Zippo über den Marktplatz, Weidenmann und Bauer verabschiedeten sich kurz von Juwelier Kaiser und folgten dann unmittelbar dem gemischten Trio in Richtung Polizeidirektion. Die Goldkette hatte Bauer in einem kleinen Tütchen in seiner Jackentasche verstaut. Wichtiges Beweismaterial.

„Also, erst mal zu den Personalien. Sie heißen Richard Fatscher, geboren am ersten Mai 1989 in Bad Schussbachroth, wohnhaft in Eulendorf, Schulstraße 24. Ist das so richtig?" Weidenmann hatte auf einen freundlichen Wink seines Kollegen Bauer hin die Vernehmung übernommen.

„Steht doch alles in meinem Perso, was sie mir gerade vorgelesen haben. Dann wird's schon so sein." Zippo machte ein störrisches Gesicht und saß eher angespannt auf dem einfachen Stuhl des karg eingerichteten Vernehmungsraumes. Außer ihm, Weidenmann und Bauer, die ihm gegenübersaßen, war nur noch ein uniformierter Kollege anwesend, der hinter dem Verdächtigen stand.

„Und wer ist dann dieser Herr Müller, wohnhaft in Ravensburg, Hauptstraße 4? Ist das ihr Künstlername, wenn sie dubiose Goldketten verkaufen wollen?"

„Das hab ich doch nur so gesagt!"

„Nur so gesagt. Aha. Dann fangen wir also mal von vorne an. Wo haben sie diese Kette her? Und kommen sie uns nicht mit ‚gefunden' oder so."

„Aber klar gefunden! Deswegen hab ich mich ja auch als Müller ausgegeben. Ich wollt das Ding doch einfach nur verticken. Ohne Stress. Vielleicht mal Urlaub machen oder so. Aber war ja klar, dass der Judenwichser mich gleich verpfeift. Dieser Geldscheißer!"

„Herr Fatscher, mäßigen sie sich! Herr Kaiser hat seine Bürgerpflicht getan, was man ja von ihnen nicht gerade behaupten kann. Einbruch, Körperverletzung, ein paar rechte Straftaten, arbeitslos und perspektivisch sieht's ja auch nicht so gut aus. Und dass man wertvolle Fundstücke aufs Fundamt bringt, kommt ihnen ja sowieso nicht in den Sinn. Also, nochmal, wo ist das Ding her?"

„Mann, ehrlich, gefunden! Wenn ich's doch sage!"

„Wo und wann?"

„Hinterm Duaba in Ravensburg. Da aufm Parkplatz. Lag da mitten im Dreck, einfach so."

„Und wann war das genau?"

„Montag. Oder Dienstag. Weiß ich nicht mehr so genau."

„Scheiße, Fatscher, eine Nullnummer wie sie findet eine Kette, die mindestens 2.000 Euro wert ist auf einem Parkplatz und weiß das dann nicht mehr so genau! Wann genau? Tag und Uhrzeit!"

„Abends, so nach elf. Ja, eher Montag, glaub ich."

„Glaub ich?"

„Montag, ja Montag. Wir waren im Space und wollten noch ins Duaba gucken."

„Wer ist wir?"

„Also nö, nur ich. Ich hab mich halt später noch mit einem Kumpel getroffen, ehrlich!"

„Und der war nicht vorher schon dabei, als sie die Kette gefunden haben?"

„Nö, sag ich doch!"

„Und dann?"

„Ja, dann hab ich sie halt eingesteckt. Und dann wollt ich sie natürlich zu Geld machen. Von der Kette kann ich ja nicht abbeißen, oder?"

„Und wieso in Biberach? Wieso nicht einfach in Ravensburg oder Eulendorf?"

„War mir zu heiß. Muss ja nicht jeder Wichser wissen, dass ich flüssig bin."

„Sind noch ein paar Rechnungen offen, oder?"

„Was ist jetzt mit der Kette? Krieg ich die wieder?"

„Klar. Logisch. Nächstes Jahr am 30. Februar. Aber nur wenn's Wetter gut ist!"

„Scheiße! Und Finderlohn oder so?"

„Als Finderlohn dürfen sie jetzt unmittelbar zur erkennungsdienstlichen Erfassung und dann können sie ihren geplanten Urlaub genießen. Und zwar im Landkreis Ravensburg, den sie bis auf Weiteres nicht verlassen. Haben wir uns da verstanden?"

„Aber ..."

„Nichts aber! Abmarsch. Und zwar flott! Sonst überleg ich's mir und nehm' sie vorläufig fest, klar?"

„Scheiße!", war Fatschers letzter Kommentar, bevor ihn der uniformierte Kollege freundlich aber bestimmt aus dem Vernehmungsraum führte.

„Wir können ihm erst mal nichts nachweisen. Fundort und -zeit könnten zwar mit der Al-Babakoudis-Geschichte zusammenhängen. Ich muss die Kette unbedingt einem der feinen Herrn zeigen. Wir wissen ja noch nicht mal, ob sie unserem Mordopfer gehört hat. Aber da halt ich besser die Füße still. Sag mal, du könntest mich doch einfach angerufen und mir von der Kette erzählt haben, und ich geb' das dann ans LKA weiter. Oder noch besser, du rufst die gleich direkt an. Ich muss ja gar nicht hier gewesen sein."

„Du hier? Was hättest du denn hier zu suchen gehabt?" schmunzelte Bauer. „Mach, dass du wieder in deinen Landkreis zurückkommst!"

Die beiden verabschiedeten sich freundlich und Weidenmann versprach, sich bald mal für den Kaffee und das süße Stückchen zu revanchieren. Wenige Minuten später saß er im Dienstwagen nach Eulendorf und freute sich über den kleinen Wissensvorsprung, den er wieder mal eingefahren hatte. Wenn also sein besonderer Freund Gottschalk in den nächsten Stunden einen auf wichtig machte oder auch gar nichts verlautbaren ließ, dann wüsste er schon längst Bescheid und konnte still und leise in sich hinein grinsen.

20

„So, wo bleibt denn jetzt dieser feine Herr Rauscher? Ich hab ja nicht ewig Zeit!"

Kriminaloberrat Gottschalk hatte sich den Morgen minutiös durchgeplant. Erstes Verhör um Punkt acht und dann im Stundentakt durch bis um eins. Zack, zack, zack. Diese ganze Nazibande, einer nach dem anderen. Leider wurde bereits das erste „Zack" durch das Ausbleiben des ersten zu Vernehmenden durchbrochen. Das generalstabsmäßige errichtete Kartenhaus war zusammengefallen, und Gottschalk tobte. Er konnte ja nicht wissen, dass sein Delinquent mit eingeschlagenen Zähnen, einer dick aufgeplatzten Lippe und einem gebrochenen Finger im Bett lag. Sturm alias Peter Rauscher hatte seinem Namen alle Ehre gemacht, sich am Abend des Zusammenstoßes mit Erol noch hochprozentig betäubt und war infolge dessen nicht in der Lage, pünktlich zu erscheinen. Oder überhaupt irgendetwas zu tun. Sein komatöser Schlaf war derzeit der angenehmste Zustand, den er sich wohl vorstellen konnte, wenn er sich überhaupt etwas vorstellen konnte. In seinem ungelüfteten, selbstverständlich unaufgeräumten Zimmer war nur ab und an ein leises Grunzen zu hören. Oder ein lautes Brummen, das dann allerdings aus Sturms Rektalbereich stammte.

Auch Gottschalk brummte jetzt unverständlich vor sich hin, wobei seine Geräusche eher oralen Ursprung hatten. Also gut, der erste Idiot ist nicht erschienen. Dann wird er halt vorgeführt. Der Oberkriminalist ruft in Ermangelung eigener Einsatzkräfte in Ravensburg an, um bei Hauptkommissar Lang eine Streife zu ordern, die diesen Rauscher abholt. Das würde zwar dauern, aber dann konnte dieser Kretin den Vormittag schön brav in der Zelle verbringen und würde als Letzter vernommen werden. Strafe musste sein. Er würde diesen Luschen hier schon noch zeigen, mit wem sie's zu tun hatten.

Also, noch einen Kaffee, etwas Aktenstudium zur Vorbereitung und dann kam ja auch schon bald dieser Richard Fatscher. Laut seinen Unterlagen war das wohl der Anführer dieser braunen Kleinstadtjungs. Ein Bürschlein mit Vorgeschichte. Der klassische Kleinkriminelle mit rechtem Hintergrund. Das wäre an sich eher ungewöhnlich, dass so ein trübes Lichtchen ganz plötzlich einen blutrünstigen Mord begeht. Aber als williger Handlanger käme er schon in Frage. Das hatte sogar dieser Weidenmann richtig erkannt und das galt natürlich für den ganzen Verein, den er sich für heute vorgenommen hatte. Also mal sehen, was da zu erfahren war. Außerdem stand für den Nachmittag ein ausführliches Gespräch mit der Familie des Ermordeten an. Das war ja auch so eine Bande. Scheinbar überall die fiesen Finger drin, nichts wie krumme Geschäfte, aber natürlich war ihnen nie etwas nachzuweisen. Aber auch denen würde er mal ordentlich auf den Zahn fühlen.

Leider kam auch sein zweiter Termin nicht wie geplant zur Vernehmung. Richard Fatscher wurde nämlich gerade selbst in Biberach vernommen, wo er seinen Goldkettenfund in bare Münze verwandeln wollte. Gottschalk wusste das natürlich nicht und kochte. Seine Gespräche mit Robert Schmidt und Karl Riedle konnte er zwar wie geplant durchführen, aber die Ergebnisse waren mager. Äußerst mager. Nichts gesehen, nichts gewusst, nichts gehört, nichts gemacht. Beide gaben sich gegenseitig ein windiges Alibi. Kneipe, Disco, Abhängen,

Chillen. Wobei Herr Riedle natürlich nicht in der Disco, sondern auf dem Tanzboden war. Gechillt hatte er auch nicht,
sondern sich entspannt und erholt. Trotzdem Scheiße! Hier
war erst mal nicht wirklich viel zu holen.

Als Peter Rauscher dann doch noch von der Streife aus
Ravensburger vorgeführt wurde, bot er ein Bild des Elends.
Seine blutige Lippe, die ausgeschlagenen Zähne und den gebrochenen Finger erklärte er mit einem furchtbaren Sturz, an
den er sich allerdings nicht weiter erinnern könne, weil er vollkommen besoffen gewesen sei. Weitere Aussagen zur Sache
konnte er nicht machen, was wohl auch noch an seinem deutlich riechbaren Alkoholkonsum und der daraus resultierenden
geistigen Abwesenheit lag. Also ein kompletter Schlag ins
Wasser. Keine Informationen und keine Erkenntnisse. Gottschalk atmete schwer. Dann musste eben der Nachmittag
herhalten. Da war diese verdammte Libanesen-Bande dran!
Aber mal so richtig!

21

„Herr Beyerle, ich habe eine Frage zu ihrer Tochter."

Nach dem üblichen *Herein, was kann ich denn für sie tun* und *nehmen sie doch bitte Platz* wollte Weidenmann den Stadtbaudirektor direkt mit den Ungereimtheiten bezüglich seiner Tochter konfrontieren, die er von seiner Kollegin Diersmann erfahren hatte. Vor allem die angebliche Freundschaft mit Jayla Al-Babakoudi hatten bei ihm ein paar Alarmglocken läuten lassen. Da wird also ein libanesischer Drogenhändler in seinem schönen Städtchen hingerichtet, dessen Schwester offensichtlich Beziehungen zu Eva Ströbele, der ortsansässigen Bäckerstochter und eben auch zu Sandra Beyerle hatte, die irgendwie plötzlich ins Ausland gegangen war. Angeblich zum Studieren. Was war also wirklich los mit der Tochter des Stadtbaudirektors?

„Um was geht es da?"

„Herr Beyerle, ich verfolge Informationen, die mit dem angeblichen Verschwinden ihrer Tochter Sandra zu tun haben."

„Offen gestanden, Herr Weidenmann, also das überrascht mich jetzt ehrlich gesagt ein wenig. Ich dachte, sie hätten derzeit ganz andere Sorgen als meine Tochter. Die ist im Übrigen auch gar nicht hier, sondern in den USA. Ein Auslandssemester. Eine tolle Gelegenheit für jeden jungen Menschen. Andere Kulturen, Horizonte erweitern, Erfahrungen sammeln. Also ich weiß nicht, was sie da aufgeschnappt haben, aber da gibt es rein gar nichts, was die Polizei interessieren könnte."

Beyerle lehnte sich in seinem Sessel zurück. Er wirkte total entspannt, aber sein Verstand raste hinter seiner Stirn wie ein

Kugelblitz hin und her. Was wollte dieser Provinzpolizist von ihm? Und wieso kam er jetzt mit Sandra an?

„Nun, wir haben Hinweise darauf, dass ihre Tochter, naja, vielleicht entführt wurde."

„Quatsch, ich habe doch gestern noch mit ihr telefoniert. Sie ist putzmunter. Wie kommen sie denn auf so etwas? Was soll das alles? Herr Weidenmann, also ich muss schon wirklich sagen! Das kommt mir doch sehr merkwürdig vor!"

Beyerle machte auf entrüstet und glotzte Weidenmann aus seinen Schweinsäuglein an.

„Herr Beyerle, eine Freundin ihrer Tochter hat sich an uns gewandt und angegeben, dass der Kontakt zu ihr vollkommen abgerissen sei. Und das trifft auch für zwei andere Freundinnen zu, die ähnliches ausgesagt haben. Sie können sich das nicht erklären. Ich muss der Sache nachgehen!"

Aha, daher wehte also der Wind. Bestimmt diese Ströbele-Göre und ein paar von den anderen jungen Dorfdingern.

„Ach, Herr Weidenmann, da kann ich sie vollkommen beruhigen. Jaja, diese jungen Mädchen, die können das nicht nachvollziehen. Meine Sandra ist denen eben weit voraus. Sie studiert. Im Ausland! Die eine da, die Ströbele-Tochter, die macht eine Lehre in der Bäckerei. Das sind nun mal zwei Welten! Und dann ist halt so eine belanglose Kindergartenfreundschaft auch mal schnell vorbei. Meine Tochter hat jetzt wirklich anderes zu tun, als sich mit diesen Provinzmädels abzugeben. Klausuren, Prüfungen, Networking. Und sie haben doch sicher auch Besseres zu tun, als solchen komischen Behauptungen nachzugehen. Die ganze Stadt ist doch im Aufruhr!"

„Allerdings, Herr Beyerle. Und wir gehen jeder Spur nach. Eine dieser Spuren führt dabei irgendwie auch über ihre Tochter. Jayla Al-Babakoudi, die Schwester des Getöteten war ebenfalls eine Freundin ihrer Tochter."

Selbstverständlich hatte Weidenmann noch nicht mit ihr sprechen können, denn dann hätte er ja seinen Vorgesetzten erklären müssen, warum. Und dann hätte man ihm diese Informationen sofort aus der Hand genommen und ihn wieder zu seinen öden Routineaufgaben geschickt. Gottschalk hätte die Ermittlungen weitergeführt und entweder alles vermasselt oder die Lorbeeren geerntet.

Beyerle war empört.
„Was?", schrie er, „das ist das erste Mal, dass ich so etwas höre! Meine Tochter mit dieser, dieser Moslembraut? Das kann ich mir nicht vorstellen. Freundinnen? Nie und nimmer! Das hätte ich nicht zugelassen!"
„Wieso denn nicht?", wollte Weidenmann wissen.
„Weil das alles Verbrecher sind! Herr Weidenmann, da sind wir uns doch wohl einig. Ich lese ja auch Zeitung. Drogenhändler sind das, die schrecken vor nichts zurück. Und wenn einer so ums Leben kommt, naja, da kann man sich ja vorstellen, was da alles dahintersteckt. Meine Tochter und die? Niemals!"
„Und was steckt denn ihrer Meinung nach dahinter?"
„Ja was weiß ich? Verbrecher, Drogendealer, Organisierte Kriminalität! Oder der Mossad!"
„Der Mossad?"
„Ja was weiß denn ich? Aber meine Tochter ganz bestimmt nicht. Wie gesagt, sie studiert in Amerika!"

Gut. Weidenmann erkannte, dass er hier nicht wirklich weiterkam. Beyerle leugnete die Freundschaft seiner Tochter mit Jayla und begründete den Abbruch der Beziehungen zu den anderen Mädchen mit der unterschiedlichen Entwicklung der jungen Damen. Das würde er nochmals nachprüfen. Zur Sicherheit ließ er sich die Kontaktdaten von Sandra Beyerle geben, die Anschrift der amerikanischen Uni und ein Bild, das ihm Beyerle eher widerwillig aushändigte. Ein hübsches junges Ding. Weidenmann wusste, dass da noch etwas Arbeit auf ihn zukommen würde. Und er wusste, dass hier etwas nicht ganz sauber war. Das würde er schon noch herausfinden. Und er musste unbedingt irgendwie mit Jayla sprechen.

22

Währenddessen fuhr Gottschalk im Konvoi bei Familie Al-Babakoudis vor. Er hatte sich zwar telefonisch angekündigt, musste aber dennoch empfindlich lange am Tor des Hochsicherheitsgrundstücks warten, mehrfach seinen Ausweis und die seiner Begleiter auf den Scanner legen und wurde erst nach einer gefühlten Ewigkeit eingelassen. In Wahrheit waren nur vier Minuten vergangen.

Der hauseigene Sicherheits-Chef persönlich holte sie an der Eingangstür ab, nachdem sie die breite Auffahrt zum Haus genommen hatten. Im Nu waren weitere acht Sicherheitsleute erschienen und geleiteten die Besucher hinein. Jassid Al-Babakoudi hatte die Sicherheitsstufe massiv hochgefahren. Vergebens versuchte sich Gottschalk der Leibesvisitation zu entziehen. Erst als Lang ihm mit Blicken klarmachte, dass dies die einzige Möglichkeit war, überhaut weiter nach drinnen zu kommen, willigte er widerstrebend ein.

„Wo kommen wir denn da hin, wenn sich die Polizei durchsuchen lassen muss?", raunte er Lang beim Weitergehen zu.

„Rein! Wir kommen rein!", sagte der nur und ging weiter.

Jassid Al-Babakoudi empfing seine Besucher in der *Großen Halle*. Der Raum war mindestens einhundert Quadratmeter groß, mit feinstem Mosaikboden und orientalisch-bunten Kacheln ausgestattet, sowie rundherum mit voluminösen Kissen, Divans und sonstigen Sitzgelegenheiten ausstaffiert. Es brannten Kerzen und Öllichter, es roch nach Sandelholz und feiner Vanille. Der Hausherr saß in einem einfachen, weißen Gewand auf einem wahren Thron aus dunklem Holz und blickte die deutschen Polizisten mit unidentifizierbarem Blick an.

„Guten Tag!", sagte er mit fester, tiefer Stimme, „Tee?"
„Nein danke, wir wollten eigentlich gleich …"
„Ja, gerne, sehr gerne!", unterbrach Lang seinen Kollegen aus Stuttgart, der offensichtlich wenig Fingerspitzengefühl im Umgang mit Clanchefs aus dem Nahen Osten hatte.

Jassid nickte kurz und schon eilte ein junger Mann herbei, bewaffnet mit einem Tablett, einer dampfenden Kanne und den typischen Cai-Gläschen. Jassid bot seinen Besuchern Platz an und nachdem jeder seinen Tee hatte fragte er ohne eine bestimmte Person direkt anzuschauen, „Haben Sie den Mörder meines Sohnes gefunden?"
„Wir stehen am Anfang der Ermittlungen und haben ein paar Fragen an sie!", polterte Gottschalk.
„Zunächst möchten wir unserer großen Trauer Ausdruck verleihen und ihnen versichern, dass wir alles tun werden, um den Mörder zu fassen. Unser aller Beileid. In dieser schweren Stunde möchten wir das Leid der Familie nicht unnötig vergrößern. Können wir dennoch darüber sprechen?"

Lang war wohl doch irgendwie der diplomatischere Wortführer, und das sah jetzt sogar Gottschalk ein, der seinem jüngeren Kollegen mit einer Handbewegung freie Bahn signalisierte.

„Reden. Ja, natürlich. Was wollen Sie denn wissen?"
„Herr Al-Babakoudis, was können sie uns zum Tod ihres Sohnes Jussuf sagen?"

„Er war ein guter Junge."

„Was wissen sie zu den näheren Umständen seiner Ermordung?"

„Nichts. Gar nichts. Ich war hier im Haus. Meine beiden anderen Söhne waren geschäftlich in Ulm. Ich weiß nicht, warum uns Allah so straft."

„Und wer glauben sie, könnte hinter dieser schändlichen Tat stecken?"

„Wer auch immer das war, Allah wird ihn furchtbar strafen. Ich weiß es nicht. Ich weiß es wirklich nicht. Finden sie ihn. Bald"

„Wir tun alles, was in unserer Macht steht. Wer in seinem Umfeld könnte uns weitere Informationen geben?"

„Wir sind bescheidene Kaufleute. Im- und Export. Wir handeln nur mit feinen Gewürzen, Ölen, Früchten und exquisiten orientalischen Speisen. Und mit Antiquitäten. Wir haben zwei große Läden in der Stadt. Da gibt es vielleicht ein paar Neider. Aber wer tut denn so etwas? Wer bringt meinen Sohn auf so schreckliche Art um? Sie sehen hier einen gebrochenen Mann vor sich."

Lang war schon vorher klar, dass hier kein Blumentopf zu gewinnen war. Aber selbstverständlich konnte man auf diese Befragung nicht verzichten. Dass sie auf eine scheinheilige Mauer des Schweigens treffen würden war abzusehen gewesen. Und auch wenn Gottschalk geglaubt hatte, hier mit Druck etwas zu erreichen, wusste auch dieser jetzt, dass hier keine nützlichen Hinweise zu ergattern waren. Dass die Al-Babakoudis bereits hinter den Kulissen tätig waren, war hundertprozentig klar. Dass sie dazu etwas sagen würden, war vollkommen ausgeschlossen. Im Prinzip waren sie die Konkurrenz der offiziellen Strafverfolgungsbehörden. Entweder die Polizei schnappte den Mörder oder er schwamm irgendwann kopfunter im Bodensee. Oder wurde irgendwie irgendwo tot aufgefunden. Das war nur eine Frage der Zeit. Sie mussten schneller sein.

Zwanzig Minuten nach Betreten des Babakoudi-Areals waren die Gesetzeshüter bereits wieder auf dem Rückweg. Gottschalk war komplett frustriert, Lang war etwas ratlos und der Rest fuhr schweigend in den Fahrzeugen mit. Das mit der Rechtsstaatlichkeit war nicht immer so einfach.

23

Die alte Villa war früher einmal das Eulendorfer Forsthaus gewesen. Aber das war schon lange her. Der Garten war nicht einfach nur ein Garten, sondern ein verzauberter, wunderschöner Elfenpark. Komplett mit einer alten, hohen Buchenhecke umwachsen war es von außen fast unmöglich, einen Blick auf das Grundstück zu werfen. Noch dazu lag das alte Forsthaus am Ortsrand. Das erste beziehungsweise letzte Gebäude Eulendorfs, je nachdem, aus welcher Richtung man kam. Das Haus selbst hatte zwei Stockwerke und ein großzügiges Walmdach. Fachwerkfassade und Butzenfenster. Die Auffahrt führte zu einer geräumigen Doppelgarage – ebenfalls mit einem großen Speicher. Und daneben gab es einen nicht gerade kleinen Holzschuppen. Im Garten standen Haselnussstauden, üppige Holunderbüsche und kleinere Sträucher. Dazwischen waren von kundiger Hand Hortensien und Sommerfliederbüsche gepflanzt. Vor dem Haus gab es ein gepflegtes Rosenbeet. Alles in allem sah es hier aus wie in einem kleinen Paradies. Allerdings war es für ein Paradies fast schon zu perfekt. Kein Gartenstuhl oder -tisch. Keine Anzeichen einer fröhlichen Gartenparty oder eines lebendigen Familienlebens. Kein Kinderspielzeug, keine Gartenwerkzeuge, kein Nichts. Sogar das Unkraut hatte sich komplett verabschiedet. Alle Kanten waren akkurat gesäubert. Löwenzahn hatte hier keine Chance. Fast steril lagen der Garten und das Haus da.

Jetzt in der späten Dämmerung wurde aus steril schnell gespenstisch. Das lag zum einen an den hohen, dunklen Tannen, aber auch an der fast friedhofsartigen Anmutung des Grundstücks. Diese wurde durch zwei alte Gedenksteine und einen großen Brunnen unterstützt, die zwischen Haus und Auffahrt standen. Der Brunnen zeigte ein in Stein gehauenes Relief Dianas, der Göttin der Jagd. Umringt von einem Hirsch, mehreren Rehen und weiterem Waldgetier grüßte sie die Besucher mit ernstem Blick. Die Gedenksteine erinnerten an eine alte Schenkung des Herzogs von Württemberg und an die lange verblichenen Förster des Forstbezirks.

Im Schatten eines großen Busches hatten sich drei dunkle Gestalten auf die Lauer gelegt. Sie waren komplett schwarz gekleidet und trugen Gesichtsmasken. Sauber hinter dem Busch bereitgelegt befanden sich ein Seil, mehrere Kabelbinder und breites Klebeband. In einer kleinen Flasche wartete eine klare Flüssigkeit auf ihren Einsatz. Nur für den Notfall trug jeder der Männer ein ordentliches Messer bei sich. Der Größte des zwielichtigen Trios war sogar mit einem Revolver bewaffnet. Tareq, Fadi und Erol redeten kein Wort miteinander. Sie beobachteten still die Ausfallstraße nach Bad Schussbachroth und warten. Sie warteten auf die Rückkehr des Hausherrn. Ihres Opfers. Das Haus war komplett dunkel. Der Garten ebenso. Nirgendwo brannte Licht. Nur von der Straße her warf die letzte Laterne der Stadt ein paar trübe Strahlen in die Auffahrt.

Der Plan war einfach. Zu dritt wollten sie den Heimkehrer überwältigen und betäuben. Und dann würde er als gut verschnürtes Bündel Baba überreicht. Und dann würde Baba seine Rache nehmen. Langsam und qualvoll. Sehr langsam und sehr qualvoll. Und dann würde man irgendwo eine grausam verstümmelte Leiche finden. Vielleicht mit einem verkohlten Brandzeichen auf der Stirn. Ein Davidstern wäre schön. Aber noch tat sich außer ein paar wenigen vorbeifahrenden Fahrzeugen nichts. Fadi verlor als Erster die Geduld – wie so oft.

„Wo bleibt denn dieser Arsch? Warum kommt der nicht endlich nach Hause?"

„Fadi, halt die Klappe und warte! Er kommt schon. Und wenn du rumquatschst, geht's auch nicht schneller", zischte Tareq.

„Wir sollten ihn gleich hier kalt machen, das Schwein!"

„Nein, sollten wir nicht. Baba hat sich doch klar ausgedrückt! Und jetzt sei ruhig!"

Missmutig schaute Fadi den jüngeren Bruder an, nickte dann aber doch kaum merklich in dessen Richtung. Warten war wirklich nicht seine besondere Stärke. Losschlagen schon eher. Aber es half nichts. Ohne Opfer keine Entführung. Also warten. Und warum musste sein kleiner, schlauer Bruder eigentlich immer recht haben?

Weitere vierzig Minuten verstrichen ohne nennenswerte Vorkommnisse. Außer einer verscheuchten Nachbarskatze und den nächtlichen Geräuschen der einheimischen Vogelwelt gab es nichts Wesentliches zu vermelden. Mittlerweile war es absolut stockdunkel.

Das änderte sich jedoch schlagartig. Als würde ein wild zuckender Blitz auf sie herniederfahren, gingen plötzlich mehrere Scheinwerfer an, zwei am Haus, zwei im Garten, einer direkt an der Grundstückseinfahrt und ein weiterer vor der Garage. Und das waren keine tranigen Funzellämpchen, sondern erinnerte eher an die Flutlichtanlage eines Bundesligastadions. Die drei Liegenden mussten erstens schützend die Hände vor die Augen nehmen und zweitens umgehend ihre Position wechseln, da sie im unmittelbaren Bereich eines der Gartenlichter lagen. Eine rasche Verschiebung um drei Meter nach rechts brachte sie wieder in den Schatten des Buschs, auch wenn sie jetzt von der Auffahrt her nicht mehr hundertprozentig sichtgeschützt waren. Eine Flucht weiter hinten in den Garten barg allerdings die Gefahr, erkannt zu werden und erschwerte den unmittelbaren Zugriff auf ihr zu erwartendes Opfer. Mit metallischem Knarzen öffnete sich jetzt das große Tor und gab langsam die Einfahrt frei. Auf der Landstraße näherte sich der Lichtkegel eines Autos, das die Geschwindigkeit reduzierte und nun auf das Grundstück einbog. Ein sanftes Knirschen war hörbar, als der Wagen über den Kies in Richtung Garage fuhr. Es ging leicht bergauf. Auch das Garagentor öffnete sich automatisch und mit einem sanften Surren. Der Wagen rollte leise an seinen Bestimmungsort, das Garagentor schloss sich wieder mit einem sanften Klacken und dann war Stille. Nur das Licht brannte noch.

„Was ist jetzt? Wo bleibt das Schwein?"

„Fadi! Sei jetzt bitte ruhig!", zischte Tareq. „Er wird schon kommen, verdammt!"

Aber zunächst geschah nichts. Rein gar nichts. Das Grundstück war zwar immer noch taghell erleuchtet, aber kein Ton war zu hören und keine Bewegung zu registrieren. Absolute Stille. Fadi war zum Platzen angespannt, Tareq wusste nicht, ober er sich mehr auf seinen ungeduldigen Bruder oder auf das Geschehen vor ihm konzentrieren sollte. Erol warf einen kühlen Blick über das Gelände. Minutenlang. Und stumm. Wie ein Falke, der auf seine Beute lauert. Was macht man normalerweise, wenn man in seine Garage gefahren ist? Aussteigen und ins Haus gehen. Und zwar ziemlich bald. So spannend waren Garagen in der Regel nicht. Aber jetzt war er schon über fünf Minuten da drinnen. Das Garagentor war geschlossen. Also standen die Chancen der kleinen, seitlichen Tür besonders gut, bald geöffnet zu werden. Dort musste er eigentlich herauskommen. Es würde ja wohl keinen unterirdischen Gang geben. Vielleicht hatte er noch einen Anruf auf seinem Handy erhalten und telefonierte jetzt in der Garage. Oder er kramte noch in irgendeiner alten Kiste herum. Oder – er hatte etwas gemerkt!

Das wäre natürlich die ungünstigste Variante. Hatte er eine Bewegung registriert, als sie unter dem Busch vom plötzlich aufflackernden Licht in den sicheren Schatten gerückt waren. Hatte er ihre dunkle Masse unter dem Strauch ausmachen können. Gab es vielleicht eine kurze Lichtreflexion. Unwahrscheinlich, aber möglich. Und was würde er dann tun? In der Garage sitzen bleiben und in aller Seelenruhe die Bullen anrufen? Mal eben schnell die Zimmer-Flak fertig laden und dann gleich das Feuer durch die geschlossene Tür eröffnen? Einfach nur abwarten? Jetzt waren schon sieben Minuten vergangen. Und was sollten sie jetzt tun? Auch einfach nur abwarten, bis etwas passiert?

Erol hatte das Gefühl, dass sie zumindest ihre Position nochmal verbessern konnten. Wenn sich tatsächlich das kleine Türchen bald öffnen würde, wäre es geschickt, wenn zumindest einer von ihnen hinter der Tür stünde. So könnten sie das Opfer von zwei Seiten angehen und entsprechend in die Zange nehmen. Vielleicht reichte sogar ein zarter Schlag auf den Hinterkopf und alles wäre geregelt.

„Tareq, er kommt bestimmt durch die Tür da. An der Seite. Ich geh hinter die Garage und schnapp ihn mir von dort. Ihr bleibt hier!"

Tareq warf einen prüfenden Blick auf das Seitentürchen und nickte kurz. Das war eine gute Planänderung.

„Los!"

Wie eine Raubkatze erhob sich Erol, verschwand lautlos nach hinten und schlich sich in einem Bogen durch den hinteren Gartenteil an die Rückseite der Garage. Ein kurzer Blick um die Ecke zu Tareq und Fadi, ein Nicken und schon verschwand er wieder im Schatten. In der Garage war immer noch nichts auszumachen. Neun Minuten. Was trieb der bloß da drinnen?

Da! Plötzlich bewegte sich die Türklinke langsam nach unten. Die Tür wurde einen kleinen Spalt weit geöffnet. Etwa fünf Zentimeter. In der Garage war es offensichtlich dunkel. Kein Lichtschimmer drang nach außen. Aber das war's dann auch schon wieder. Die Tür verblieb in ihrer Stellung. Wenn man eigentlich mit einem unmittelbaren Folgeereignis rechnet, dann wurden die Sekunden lang. Zehn, zwanzig, dreißig – was war da bloß los? Vierzig, fünfzig, eine Minute – da stimmte doch etwas nicht!

Jetzt riss Fadi der Geduldsfaden. Mit einem schrillen Kampfschrei aus den Tiefen seiner Seele sprang er auf und rannte auf die Tür zu.

„Ahhhh, komm raus, du elendes Schwein! Ich mach dich kalt!"

Entsetzt blickte Erol um die Ecke. Fadi, dieser verdammte Vollidiot! Erol machte zwei Schritte nach vorne, Richtung Seitentür. Wie aus dem Nichts schwenkte diese plötzlich in einer Granatengeschwindigkeit nach außen. Leider traf sie dort auf ein Hindernis. Erols Kiefer. Der hatte sich nämlich noch nach vorne gebeugt um seinen verrückten Cousin davon abzuhalten, die Tür zu öffnen. Aber die Tür war schneller. Mit einem hässlichen Knirschen brach die untere Kauleiste und Erol sackte mit einem erstickten Stöhnen zusammen.

Gleichzeitig erhellte ein neuer, greller Blitz die Szenerie. Die Kugeln eines Schrotgewehrs zerfetzten Fadis Jacke und bohrten sich zahlreich und blutig in seinen Unterbauch. Mit weit aufgerissenen Augen kippte er röchelnd nach vorne, fiel auf die Knie und schlug schließlich der Länge nach auf den Boden, wo er sich stöhnend zur Seite rollte.

Dann passierte etwas ganz Unerwartetes. Was gerade noch flutlichtartig erleuchtet war, wurde plötzlich stockdunkel. Alle Strahler erloschen gleichzeitig, und das Grundstück lag innerhalb einer Sekunde wieder komplett im Finsteren. Und jetzt sprintete eine Gestalt durch die Tür. Mit kurzen, schnellen Schritten suchte sie zielsicher den kürzesten Weg zur Eingangstüre des Hauses. Wie ein schwarzer Schatten rannte sie an Tareq vorbei, der die ganze Szene mit offenem Mund beobachtet hatte. Doch jetzt erkannte dieser blitzartig seine Chance und sprang sofort auf. Mit wenigen Antritten war er hinter der dunklen Figur und kam ihr rasch näher. Noch wenige Schritte bis zur Tür. Dort würde er ihn abfangen. Dort konnte er ihn kriegen. Das Schwein, das seinen Bruder getötet hatte.

Noch zwei Schritte, der Abstand wurde kürzer. Noch knappe fünf Meter bis zur Tür. Das schaffte der nicht mehr. Selbst wenn die Tür unverschlossen war, was sehr unwahrscheinlich war, würde er den Gejagten dort überwältigen. Die zwei, drei Sekunden zum Türöffnen würden ausreichen. Der Abstand wurde kürzer.

In seiner rechten Hand trug er einen kleinen Sender. Das unauffällige, schwarze Kästchen hatte er immer und überall bei sich. Es gab einen Schiebeschalter zum Ein- und Ausschalten und mehrere Funktionsknöpfe. Zwei davon hatte er heute schon betätigt. „Licht an" und „Licht aus". „Licht aus" gerade erst vor wenigen Sekunden, bevor er losgerannt war. Jetzt drückte er in vollem Lauf auf „Tür öffnen". Die Tür öffnete sich. Das war gut. Er konnte ins Haus flüchten. Aber das würde nicht reichen. Denn selbst wenn er perfekt getimed „Tür schließen" drücken würde, konnte sein Verfolger immer noch zumindest einen Fuß in die Tür quetschen und ihm folgen. Also waren härtere Bandagen angesagt. Der passende Knopf dafür hieß „Tür Feuer". Und den drückte er. Jetzt. Jetzt, da er gerade über die Türschwelle sprang und sein Verfolger höchstens noch zwei Meter hinter ihm war.

Schrot aus zwei Meter Entfernung ist komplett ungesund. Das konnte wie zuvor sein Bruder Fadi jetzt auch Tareq schmerzhaft feststellen. Von einer Doppelladung von links und rechts getroffen, blieb er eine Sekunde lang in der Luft hängen und wurde dann heftig nach hinten gewirbelt, bevor er anschließend unsanft auf den Rücken knallte und mit einem gellenden Schmerzensschrei auf der Treppe liegen blieb. Eine weitere Sekunde später schloss sich die Eingangstür mit einem leisen Klacken.

Kurze Bestandsaufnahme im Garten: Erol war noch am glimpflichsten davongekommen. Sein Unterkiefer war angebrochen, ein Eckzahn hatte sich verabschiedet, die rechte Hand, die er doch noch schützend vor sein Gesicht halten wollte, wies ebenfalls zwei gebrochene Finger mit erheblichen Hautabschürfungen auf, aber ansonsten war er unverletzt. Fadi hatte eine volle Ladung Schrot in den Bauch bekommen. Aus dieser Entfernung war das kein Spaß mehr. Wenn sich niemand um ihn kümmerte, war er spätestens in einer Stunde elend verblutet. Das galt auch für Tareq. Der Schrot hatte sowohl Bauch als auch Oberkörper durchsiebt. Ohne Lederjacke wäre wohl sofort Feierabend gewesen. Und bei der rückwärtigen Landung auf der Eingangstreppe hatten zwei untere Rippen laut krachend ihren Dienst aufgegeben.

Peter Rosenbaum war Jude. Allerdings eher weltlicher Natur. Keine Schläfenlocken, keine Gebetsriemen, keine orthodoxe Kleidung. Von außen konnte man gar nicht sagen, ob es sich bei der Familie Rosenbaum um Juden, Christen, Agnostiker oder um fleißige Anhänger der großen Pastaverehrer-Kirche handelte, die den allerheiligsten Nudelgott anbetete. Klar gingen die Rosenbaums in die Synagoge. Aber nicht unbedingt jeden Sabbat. Sie achteten auch einigermaßen auf die Einhaltung der religiösen Gebote. Aber sie hatten eben auch christliche Freunde, bei denen sie auch schon mal etwas „Unkoscheres" aßen. Nette und angesehene Leute in Eulendorf. Peter war Internist und Oberarzt, seine Frau arbeitete halbtags in einem Architekturbüro, die Kinder gingen auf eine vielgelobte Privatschule am Bodensee. Peter Rosenbaum bewohnte das Haus neben der alten Förstervilla. Er saß gemütlich auf seiner Terrasse und genoss ein Gläschen fein gekühlten Lugana. Dazu gab es gesalzene Pistazien. Seine Frau Lea war in ihrem Lesezimmer und brütete über einem dicken Schinken. Dostojewski. Schuld und Sühne. Die Kinder waren unter der Woche im Internat.

Dass bei seinem Nachbar jeden Abend die Schlossbeleuchtung aufflammte, daran hatte sich Herr Rosenbaum mittlerweile gewohnt. Aber dass dann mehrfach geschossen wurde, war doch eher ungewöhnlich. Und dass nach den Schüssen Schreie und leises Gewimmer zu hören war, das beunruhigte ihn deutlich.

Da gab es nur eine mögliche Reaktion: Alarm! Peter Rosenbaum griff zum Telefon. Er wählte die Nummer der Polizei. Polizeiposten Eulendorf. Normalerweise war da um diese Uhrzeit niemand mehr und der Ruf wurde automatisch an die Polizeidirektion in Ravensburg umgeleitet. Aber derzeit war ja nicht „normalerweise". Derzeit war ja Mordzeit. Polizeiobermeister Waldemar Bechtele hatte Bereitschaftsdienst und die angehende Polizeimeisterin Diersmann hatte sich freiwillig gemeldet. Endlich war mal etwas los in Eulendorf. Sie ging dann auch diensteifrig ans Telefon und meldete sich wie immer überaus korrekt.

„Schnell, Schussbachrother Straße 58. Ich habe Schüsse auf dem Nachbargrundstück gehört. Ich glaube, da ist jemand verletzt. Ich höre Schreie!"
„Mit wem spreche ich?"
„Peter Rosenbaum, der Nachbar. Schnell, ich glaube, wir brauchen einen Krankenwagen!"
„Alles klar, wir kommen. Bleiben sie im Haus. Gehen sie bloß nicht rüber!"
„Keine Angst, das mach ich ganz sicher nicht", seufzte Rosenbaum und legte auf. Das würde ihm im Traum nicht einfallen. Seit sieben Jahren wohnte er nun mit seiner Familie hier. Er konnte sich an ein stummes Nicken erinnern, das er damals geerntet hatte, als er sich als neuen Nachbarn vorstellen wollte. Dann wurde die Tür geschlossen. Das war der gesamte nachbarschaftliche Kontakt seit seinem Einzug. Nichts konnte ihn dazu verleiten, auch nur im Traum bei seinem Nachbarn nachts nach dem Rechten zu sehen. Absolut gar nichts.

Judith Diersmann legte auf und nahm sofort wieder ab, um die Rettung zu alarmieren. Sie informierte sofort die Dienststelle in Ravensburg, um Verstärkung anzufordern. Wenn da einer um sich ballerte, würde die vielleicht von Nöten sein. Dann rief sie Oberkommissar Weidenmann an, der schon gegangen war. Anders als Bechtele, der sich nicht drücken konnte, und Diersmann, die aus reinem Interesse da war, hatte er sich ganz gediegen nach Hause verzogen. Möglichst wenig Kontakt zu Oberrat Gottschalk lautete die oberste Devise dieser Tage. Das schonte Herz und Hirn. Diese beiden Organe wurden jetzt allerdings blitzartig in Alarmbereitschaft versetzt.

„Was, Schüsse und Verletzte? Wo? Schussbachrother Straße? Sofort mich abholen mit Blaulicht und Tröte! Abmarsch!"

Und schon hatte er aufgelegt. Schüsse auf dem Grundstück der alten Förstervilla? Schreie von Verletzten? Was war das denn nun schon wieder? Das konnte nichts Gutes bedeuten. Sollte er Gottschalk informieren? Hatte das irgendeinen Bezug zum Libanesenmord? Egal, sicher ist sicher. Weidenmann wählte.

„Kriminaloberrat Gottschalk hier!"

„Ja, Weidenmann. Mir wurde soeben telefonisch eine vermutliche Schießerei in der alten Förstervilla in Eulendorf gemeldet."

„Was? Hat das was mit meinem Mord zu tun?"

Was für eine bescheuerte Frage. Woher sollte Weidenmann das wissen? Und außerdem *mein Mord*! Besitzanzeigende Fürworte waren manchmal so fehl am Platz.

„Weiß ich noch nicht!"

„Ja und nun?"

„Weiß ich auch nicht. Ich wollte sie nur informieren." Tonloser konnte man das nicht sagen.

„Ja dann um Himmels Willen, finden Sie das raus, Weidenmann. Und zwar molto pronto!"

„Rausfinden, Gottschalk. Pronto. Jawohl!", plärrte Weidenmann in sein Handy und legte dann sofort auf. Also jetzt konnte ihm keiner mehr was ans Zeug flicken. Er hatte pflichtbewusst den LKA-Beamten informiert, obwohl dieser gar nicht sein direkter Vorgesetzter war und obwohl noch gar nicht klar war, ob die beiden Vorfälle etwas miteinander zu tun hatten. Und jetzt versuchte er das halt rauszufinden. Auf ging's!

Schon hörte er auch das Martinshorn und sah die zuckenden Blitze des Blaulichts am Ende der Straße. Der Wagen näherte sich rasch. Frau Diersmann war auch hinterm Steuer nicht gerade eine Transuse. Eher so ein weibliches Rally-Talent. Das hatte er schon bei diversen anderen Gelegenheiten bemerkt. Sie hielt mit quietschenden Reifen vor seinem Haus, er sprang in den alten Volkswagen und noch bevor er die Türe richtig geschlossen hatte, ging's mit Vollgas weiter. Pronto eben. Bechtele saß hinten im Wagen und hantierte mit verheddertem Absperrband, einem alten Megafon und seiner ob des abrupten Bremsens heruntergefallener Dienstmütze.

„Sagen sie mal, Bechtele, ich hab da eine Frage."

„Wa isch, Scheff?"

„Das Labor hat in Ihren Hinterlassenschaften im Schächtkeller lauter kulinarische Köstlichkeiten gefunden. Pastete,

Roastbeef, Oliven und so Zeug. Ich dachte, sie essen immer nur Wurstbrot mit Gurke."

„Ah, Scheff, des isch nur, weil i händ en Fresskorb gschengd griagd. Wege dem Vereinsjubiläum. Fufzich Johr Midglied. Meine Eldre hän mi do als gloines Kind scho ahgmeldet. Aber ganz ehrlich, Scheff, a Wurschdbrod wär mir scho lieber gwäse."

Dann war das also auch geklärt. Feinschmecker-Waldi wider Willen.

Vor dem Grundstück in der Schussbachrother Straße 58 war der Teufel los. Kein Wunder. Erstens waren dort Schüsse gefallen, die auch andere Nachbarn gehört hatten. Nach dem Anruf von Peter Rosenbaum gingen noch fünf weitere Anrufe gleichen Inhalts beim Eulendorfer Polizeiposten ein. Dann war natürlich der von Frau Diersmann alarmierte Rettungswagen durch die Kleinstadt gedonnert. Mit Blaulicht und Martinshorn. Allerdings stand der Wagen, gefolgt vom Notarztauto immer noch auf der Ausfallstraße nach Bad Schussbachroth. Der Zugang zum Grundstück war durch das geschlossene Tor verwehrt. Im Garten war stiller werdendes, menschliches Gewimmer zu hören. Das alles hatte eine etwa dreißigköpfige Menschenmenge auf den Plan gerufen, die jetzt entweder Teil der großen Gaffergruppe an der Grundstückseinfahrt war, oder am mit hohem Buchenbüschen bewachsenen Zaun entlang patrouillierte, um irgendwo einen besseren Blick auf das vermeintliche Geschehen zu werfen. Einige hatten ihre Taschenlampen mitgebracht, andere schossen schon wie wild schlecht belichtete Bilder mit ihren Handys. Wieder andere telefonierten, wahrscheinlich um noch mehr „interessierte Zuschauer" auf den Plan zu rufen.

So etwas hatte die alte Förstervilla noch nicht erlebt. Normalerweise herrschte hier Ruhe und Frieden, Stille und Beschaulichkeit. Als Weidenmann mit seiner Azubine Diersmann ankam, konnte er kaum fassen, was für ein Chaos hier herrschte. Menschentrauben und Tatorte – das passte nun wirklich nicht zusammen. Als erstes brauchte er unbedingt Ordnung! Weg mit den Gaffern und dann rasch den vermeintlichen Tatort sichern. Weidenmann stieg aus und schnappte sich das Megaphon aus seiner Halterung.

„Hier spricht Polizeioberkommissar Weidenmann, Polizeiposten Eulendorf. Verlassen sie sofort das Umfeld des Grundstücks! Ziehen sie sich mindestens fünfhundert Meter Richtung Stadtmitte zurück! Sofort!"
Weidenmann hatte so in das Megaphon gebrüllt, dass auf der anderen Seite nur Krach herauskam, und zwar zu neunzig Prozent unverständlich. Darauf machte ihn jetzt Frau Diersmann aufmerksam.
„Chef, nicht so schreien. Ihre Stimme überschlägt sich."
Das lag vielleicht auch daran, dass das uralte Gerät nicht mehr der neuesten Schalltechnik entsprach. Baujahr 1991. Weidenmann probierte es nochmal – in moderater Lautstärke, aber dennoch mit Nachdruck.

Die Menschenmenge, die bei seiner ersten Ansprache nur blöd geglotzt und nichts verstanden hatte, verfiel jetzt in ein mürrisches Murmeln. Da war nun endlich mal etwas los in Eulendorf und da wollte sie der Spielverderber-Bulle hinter die nicht vorhandene Absperrung schicken. Nur wenige bewegten sich, und das auch nur ganz langsam. Weidenmann eskalierte ein wenig.

„So, wer hier nicht innerhalb einer Minute verschwunden ist, wird namentlich erfasst und erhält eine Anzeige wegen Behinderung der Ermittlungsarbeiten! Das wird dann teuer! Und zwar richtig teuer! Ist das klar?"

Anders als möglicherweise bei einer Demo in Berlin-Kreuzberg oder einem Protestmarsch bei Stuttgart 21 kam jetzt Bewegung in die Menge. Weidenmann hatte nämlich in doppeltem Sinne den Nerv der oberschwäbischen Landbevölkerung getroffen. Erstens gab es hier nichts Schlimmeres, als polizeilich erfasst zu werden. Eine Schmach fürs restliche Leben.

„Woisch no, d'r Kalle, den hense bei dera Gschicht damals feschdgnumme unn oigschberrt!"

Aus so einem wird auf ewige Zeiten nichts mehr. Und dann auch noch eine Strafe! Geld bezahlen! Geld, das man im Schweiße seines Angesichts verdient hatte, mit dem man ein Häusle hätte bauen können. Das ging gar nicht. Oder auf schwäbisch: „Des gohd idde!" Also zog sich der Mob langsam zurück. Widerwillig zwar, aber doch deutlich erkennbar. Schon bald war die Einfahrt nicht mehr belagert. Die Schaulustigen schlurften murrend entlang der Grundstücksgrenze Richtung Stadt. Aber das mit den fünfhundert Metern klappte trotzdem nicht. Am äußersten Rand des Grundstücks war Schluss. Dort, wo das Grundstück der Rosenbaums begann. Immerhin etwa einhundert Meter von der Einfahrt entfernt. Das genügte zunächst.

Weidenmann ging zum Eingangstor, wo die Sanitäter und der Rettungsarzt immer noch unverrichteter Dinge herumstanden. Das Tor war geschlossen und auf das bereits erfolgte Klingeln war bislang keine Reaktion erfolgt. Auf der Treppe vor dem Haus war eine schwarze Gestalt zu erkennen, die in unnatürlicher Krümmung auf dem Rücken lag. Tot? Ohnmächtig? Das war von hier aus nicht zu erkennen. Weiter hinten neben der Garage war ein leises Wimmern zu hören, aber zu sehen war nichts. Das lag daran, dass es Erol gelungen war, Fadi wieder hinter das Gebüsch zu ziehen, von wo aus sie ihrem Opfer ursprünglich aufgelauert hatten. Nur dummerweise waren *sie* jetzt irgendwie die Opfer geworden.

„Aufbrechen!", lautete Weidenmanns Befehl. Aber wie? Das fragten ihn auch die umstehenden Sanitäter.

„Na mit dem Wagen! Ran ans Tor und dann Gas! Volle Lotte!"

„Boah, und wer schreibt dann den Unfallbericht? Da geht doch garantiert was zu Bruch", maulte der Fahrer des Rettungswagens, der direkt vor der Einfahrt stand.

„Dann weg da! Wir machen das!"

Mit einem Handzeichen bedeutete er seiner Kollegin, den Polizeiwagen in Position zu bringen. Judith Diersmann ließ sich das nicht zweimal sagen. Sie nickte, startete den alten VW und gab Gas. Mit einem Satz wuppte der Wagen vor das Tor. Diersmann stieg auf die Bremse. Der Wagen stand. Dann rollte sie langsam weiter, bis sie „Kontakt" hergestellt hatte. Ein deutliches *Klack* zeigte an, dass die Stoßstange das Tor jetzt berührte und ein wehleidiges Knirschen wies darauf hin, dass das Tor jetzt in eine Position gedrückt war, in der es zerstörungsfrei nicht mehr weiterging. Keinen Millimeter mehr. Diersmann blickte nochmal kurz zu Weidenmann, der nickte und seine Assistentin gab langsam Gas. Das Knirschen wurde jetzt zum Knarzen, der Motor brummte, die Reifen drehten fast durch, aber Diersmann ließ nicht locker. Mit einem lauten Krachen gab das Tor schließlich nach. Der rechte Flügel wurde aus den Angeln gehoben und kippte auf die Beifahrerseite des Wagens. Der linke Flügel schwang stark verbogen nach hinten und fraß sich schließlich in der Auffahrt fest. Aber jetzt war der Weg aufs Grundstück frei. Diersmann steuerte den Wagen langsam die Auffahrt hoch. Bei aller Vorsicht konnte sie jedoch nicht verhindert, dass der Torflügel die rechte Seite des Dienstfahrzeugs komplett zerkratzt und obendrein auch noch das Blaulicht mitsamt seinem Aufbau abräumt hatte. Wo gehobelt wurde, fielen eben Späne.

Sofort folgte ihr der Rettungswagen und fuhr direkt vor den Hauseingang. Die Sanitäter und der Notarzt stürzten sich umgehend auf den dort liegenden Verletzten und bemühten sich um schnelle Hilfe. Oberkommissar Weidenmann hatte indessen andere Interessen. Was hatte da hinten aus Richtung der Garage gewimmert? Er wies Diersmann an, den Wagen so in Position zu bringen, dass das Gelände links neben der Garage auszuleuchten war. Die Scheinwerfer gingen ja immerhin noch. Aber auf den ersten Blick war nichts zu erkennen. Büsche und Sträucher, Rasen und ein kleines Beet. Dahinter Bäume und ganz hinten wieder der dichte Saum aus Buchengehölz, hinter dem sich ein massiver Metallzaun verbarg. Obwohl, so massiv war der nun auch wieder nicht. Es gab da nämlich seit neuestem eine Stelle, an der sorgsam mit einem

Bolzenschneider an der Überwindbarkeit des Hindernisses gearbeitet wurde. Und zwar äußerst erfolgreich. Die drei nächtlichen Besucher hatten fein säuberlich ein Loch in den Zaun geschnitten, zwei Buchensträucher gekappt und sich so den Zugang zum Grundstück ermöglicht. Und genau an diesem Loch war Erol gerade dabei, seinen ohnmächtigen Cousin Fadi, der jetzt auch nicht mehr wimmerte, nach draußen zu ziehen. Die wunde Stelle im Zaun konnte jedoch von Weidenmann nicht eingesehen werden, da sie im Blickschatten der Garage lag. Mit einem letzten Ruck hatte es Erol geschafft. Sie waren durch. Noch etwa achtzig Meter bis zum dunklen SUV, der an der Grundstücksgrenze eigentlich darauf gewartet hatte, mit den drei Libanesen und ihrer Beute unerkannt zu entschwinden. Trotz erheblicher Verletzungen zerrte Erol seinen Cousin durch die angrenzenden Ackerfurchen und hievte ihn mit letzter Kraft ins Wageninnere. Anstatt loszufahren blieb er jedoch zunächst stehen. Jetzt den Motor zu starten, wäre sicherlich aufgefallen. Vielleicht gab es später eine bessere Gelegenheit. Und wenn Fadi in der Zwischenzeit die Grätsche machte – auch kein wirklich wesentlicher Verlust. Zumal Erol dann der nächste in der Thronfolge wäre, quasi der neue Kronprinz. Vorausgesetzt natürlich, Tareq würde auch noch dahinscheiden. Was Erol da vorhin auf der Treppe gesehen hatte, sah zumindest vielversprechend aus.

Derweilen hatten die Sanitäter Tareq in ihren Rettungswagen verfrachtet. Der Verletzte war in äußerst kritischer Verfassung. Die Schrotladung war nicht ohne gewesen und hatte den Unter- und Oberkörper des Eindringlings erheblich perforiert. Er hatte bereits ziemlich viel Blut verloren.

„Sofort ab auf die Intensiv!", war der kurze Befehl des Notarztes, nachdem er den Verletzten begutachtet hatte. Tareq wurde schnell aber vorsichtig auf der Trage fixiert und schon klappten auch die beiden großen Hecktüren zu. Das Blaulicht zuckte und der Wagen setze sich rückwärts in Bewegung. Kaum auf der Landstraße angekommen wurde das Martinshorn zugeschaltet und rasant beschleunigt. Gerade so viel, dass die Reifen nicht durchdrehten. Nach fünfzehn Sekunden waren nur noch blaue Blitze im Nachthimmel zu sehen. Allerdings nicht nur solche, die den Ort des Geschehens verließen, sondern auch solche, die gerade näherkamen. Die Kavallerie aus Ravensburg rückte mit zwei Einsatzwagen an, die wenig später durch die Einfahrt rumpelten und ihre Ladung ausspuckten. Hauptkommissar Lang, sein Assistent Schweiger und fünf weitere uniformierte Bereitschaftspolizisten betraten die Szene. Doch das waren nicht die einzigen Neuzugänge auf der Bildfläche. Das ganze Tatütata und Hin und Her hatte die Zuschauermenge mittlerweile etwa auf das Dreifache anwachsen lassen. Wenn dann schon mal was los ist in der Provinz, will man ja schließlich dabei sein. Und das mit dem Abstand zum Ort des unmittelbaren Geschehens nahm man jetzt auch nicht mehr so genau. Die Gaffermeute hatte sich wieder auf etwa zwanzig Meter an die Einfahrt herangearbeitet und war ansonsten am Zaun entlang positioniert. Vielleicht konnte man ja hier einen Blick auf die zu erwartenden, spektakulären Ereignisse werfen.

Weidenmann begegnete dieser Schaulustigkeit, indem er einen Beamten aus Langs Team lautstark aufforderte, die braven Bürger Eulendorfs erneut auf die hinteren Plätze zu verweisen. Dann wandte er sich seinem Kollegen aus Ravensburg zu.

„Manfred, was ist denn bei dir schon wieder los?", wollte dieser wissen.

„Was weiß ich. Nächtliches Schrotgeballere, ein Schwerverletzter und ein Menschenauflauf. Der Schütze ist vermutlich im Haus. Oder in der Garage. Oder im Garten. Oder schon wieder weg. Wir sind selbst gerade erst auf das Grundstück gelangt. Aber seit den Schüssen herrscht hier wieder Ruhe."

„Wer war denn der Angeschossene überhaupt? Und wer hat geschossen?"

Tja, das war natürlich eine exzellente Frage, um deren Beantwortung sich Weidenmann leider noch nicht hatte kümmern können, weil er ja zunächst den Tatort gesichert hatte. Dunkelhaarig und komplett schwarz bekleidet war das Opfer gewesen, vermutlich männlich, mehr Informationen gab es derzeit nicht. Bei einer am Boden liegenden Person kann man nur schwer die Körpergröße schätzen, zumal, wenn sie sich auch noch zusammenkrümmt. Und der Schütze? Auch das wusste er nicht mit Sicherheit. Eins stand allerdings zu einhundert Prozent fest: Die alte Förstervilla wurde von niemand anderem als von Stadtbaudirektor Bertram B. Beyerle bewohnt ...

„Das haben wir gleich. Fräu ..., äh Frau Diersmann, rufen sie bitte sofort im Krankenhaus an. Die Identität des Angeschossenen! Wer ist das? Dringend!"

Frau Diersmann tippte sich kurz an die Dienstmütze und griff zum Handy.

23

Das Licht war heute besonders hell. Es blendete und brannte heiß in ihren Augen. Auch dann noch, wenn diese ganz fest geschlossen waren. Auch die Stimmen waren wieder da. Sie lachten hämisch. Sie feuerten sich gegenseitig an. Sie schaukelten sich hoch und stachelten sich untereinander an. Diese elenden Schweine!

„Los, besorg's ihr ordentlich, der kleinen Schlampe! Fick sie gut durch! Hau ihn rein, tiefer!"

Solche Widerwärtigkeiten und dergleichen mehr drangen wie spitze Kristalle an ihr Ohr und ritzten ihre Trommelfelle ein, bis sie bluteten. Ein wüster Brei aus übelsten Beschimpfungen, hässlichen Beleidigungen und fieser Fäkalsprache. Manches verstand sie gar nicht, weil teilweise ausländisch gesprochen wurde. Es klang arabisch. Dazu natürlich wieder das Festhalten, das Eindringen, das Schlagen. Später auch die Tritte. All das tat unendlich weh. Körperlich. Ihre Seele allerdings spürte nichts mehr. Kein Schmerz, kein Leiden. Sie war bereits tot. Mit wenigen Blicken und Worten kaltblütig abgetötet. Schuld war dieses Gesicht, das sie jetzt schemenhaft erkennen konnte. Dieses eine Gesicht, das sie nur allzu gut kannte. Sehr gut sogar. Das sie angefangen hatte, zu lieben. Er war es.

Sie hatten sich vor drei Monaten kennengelernt. Natürlich im Duaba, in der größten Disco Ravensburgs. Er war ihr gleich aufgefallen. Sehr gutaussehend, dunkler Typ, groß, athletisch. Und er hatte sie angelächelt. Und irgendwann später war er auf sie zugekommen und hatte sie angesprochen. Sehr sympathische Stimme. Und auch was er sagte war kein billiger Anmachspruch, kein „Ich hab meine Telefonnummer vergessen, kann ich Deine haben?" oder „Ist im Himmel heute Feiertag, weil Du heut hier auf der Erde bist, Engelchen!"

Er war offen, überraschend freundlich und ging ihr sofort ins Herz. Genau wie das Lächeln, das er hinterher schob. Sie plauderten, tranken etwas, er zahlte natürlich. Sie verabredeten sich für den nächsten Tag zu einem Kaffee. Und ein paar Tage später zum Abendessen. Danach hatte er sie brav nach Hause gebracht. Klar, einen Kuss zum Abschied gab's schon. Aber er war nicht zu aufdringlich geworden. Er hatte Zeit. Keine schnelle Nummer. Noch ein wunderbarer Sonntagsausflug an den Bodensee, ein weiteres Abendessen und erst dann wurde es wirklich körperlich. Und auch da war er sanft, liebevoll und zärtlich. Es war wunderschön gewesen. Er war einfühlsam. Er war zuvorkommend. Er war einfach perfekt. Die folgenden Wochen vergingen wir im Flug. Gemeinsame Treffen, ausgehen, Discos, Clubs, Bars, ins Kino. Ausflüge, Abendessen und immer wieder erotische Stunden zu zweit, bei denen sie sich fühlte, wie eine orientalische Prinzessin aus Tausend und einer Nacht. Das war vielleicht der einzige, kleine Haken – dieses Orientalische. Der Mann ihrer Träume war nämlich keineswegs Oberschwabe oder vielleicht Bayer. Auch kein Norddeutscher, kein Ossi und noch nicht mal Schweizer. Er kam aus dem Orient, um genau zu sein aus Beirut. Und obendrein war er auch kein Christ. Er war Moslem. Ein Anhänger Allahs und seines Propheten Mohammed. Ihr war das vollkommen egal. Mit Religion hatte sie trotz ihrer katholisch geprägten Erziehung im erzkonservativen Oberschwaben nicht viel am Hut. Und mit Vorurteilen schon gar nicht. Aber ihr Vater durfte um Gottes Willen nichts davon erfahren. Zwar war auch er kein besonders eifriger Kirchgänger, aber dennoch würde er komplett ausrasten. Er würde sie einsperren und anketten, auch wenn sie schon lange volljährig war. So ein dreckiger Kameltreiber, wie sich ihr Vater ausdrücken würde, ein Scheiß-Muselmane aus dem verfluchten Nahen Osten, ein Sarazene, ein Jerusalem-Schänder, da würden bei ihm alle Sicherungen komplett durchbrennen. Totaler Kurzschluss. Also erzählte sie zu Hause lieber nichts von ihrem neuen Lover, berichtete stattdessen vage von Treffen mit ihren Freundinnen oder mit der Clique und von diversen Ausflügen mit den Kommilitonen aus Biberach, wo sie studierte.

Eines Tages war sie mit ihm verabredet gewesen. Zu einem romantischen Dinner. Doch statt in ein elegantes Restaurant am Bodenseeufer fuhren sie in eine öde Gewerbegegend in Friedrichshafen. Auf die Frage, wo sie denn seien und was sie hier wollten, bekam sie keine Antwort. Stattdessen zog er sie an der Hand aus dem Wagen und führte sie über einen schmutzigen Innenhof auf eine verlassene Lagerhalle zu.

„Jussuf, was wird denn das hier? Hast du dir wieder was ausgedacht?", fragte sie noch vollkommen ahnungslos.
Mehr als ein kurzes „Ja" gab's jedoch nicht als Antwort. Dafür drückte er ihre Hand jetzt fester, als es eigentlich notwendig war. Sie würde ja nicht gleich wegrennen. Was aus heutiger Sicht allerdings sehr viel besser gewesen wäre. Dann öffnete er das verrostete Tor, das knarzend den Weg ins Halleninnere freigab. Drinnen war es stockdunkel. Und es roch nach muffiger, abgestandener Luft, Autowerkstatt und Altöl.

„Jussuf, was machen wir hier?", fragte sie unsicher.

„Halt's Maul!", fauchte er sie an, zog sie plötzlich mit einem kräftigen Schwung vor seinen Körper und platzierte sein Bein so, dass sie darüber stolpern musste und hart auf den Boden schlug.

„Jussuf!", schrie sie auf. Aber Jussuf achtete nicht mehr auf sie. Er ging zur Wand und schaltete das Licht an. Dieses grelle, weiße, harte, unbarmherzige Licht. Sofort war sie geblendet.

„Jussuf, was soll das? Was ist los?"

Keine Reaktion. Keine Erklärung. Nichts. Er schaute sie nur vollkommen teilnahmslos an. Und dann kamen sie auch schon um die Ecke gebogen. Vier oder fünf zwielichtige Typen in Jeans und T-Shirts, Lederjacken und alle mit diesem fiesen, verachtenden Blick. Lässiger Schritt. Dunkelhäutig – wie ihr Jussuf. Schwarzhaarig – wie ihr Jussuf. Vermutlich aus dem Nahen Osten – wie ihr Jussuf. Und wohl auch Moslems – wie ihr Jussuf.

Jussuf. Was war denn nur plötzlich mit ihrem einfühlsamen, zärtlichen, orientalischen Liebhaber los? Was zum Teufel ging hier vor sich. Von einer Sekunde zur anderen verstand sie die Welt nicht mehr. Sie konnte auch nicht wissen, dass sie einfach nur ein Spielzeug gewesen war. Eine Europäerin, eine Deutsche, also quasi wertlos. Für ein paar Wochen ganz amüsant, aber dann halt überflüssig. Baba hätte sowieso nie einer Beziehung zu einer Christin zugestimmt. Also ein bisschen Spaß haben und dann entsorgen. Und dann konnten ja seine Straßenjungs, die den Stoff vertickten auch noch etwas davon abhaben. Ihr Job war hart genug und ob sie älter als dreißig werden würden, wusste man in diesem Milieu ohnehin nicht.

Sandra sah nur noch, wie er sich umdrehte und ging. Einfach so. Und dann kamen ihre Peiniger. Erst wollten sie einfach nur ficken, den ersten Druck loswerden. Das war brutal, sehr schmerzhaft und erniedrigend. Aber dann, nach der ersten Welle wurden sie leider phantasievoll. Perfide. Experimentierfreudig.

Sie quälten sie die ganze Nacht lang, schlugen sie, zogen an ihren Schamlippen und Brustwarzen, stecken ihr grob irgendwelche Gegenstände in Vagina und After, schnitten ihr die Haare ab, pissten ihr in Gesicht und Mund, zogen sie an einem Halsband über den rauen Boden der alte Halle und ließen sie schließlich vorerst in einer Ecke auf einem gammeligen Abfallhaufen liegen.

Natürlich hatte immer einer der Typen das Handy gezückt, um ihre ganze Schmach zu dokumentieren. Alles war immer noch grell erleuchtet.

Dann, nach einer endlosen Zeitspanne, die sie nicht einschätzen konnte, verschwanden die Teufel endlich um die Ecke. Aber sie konnte hören, dass sie noch da waren. Sie aßen und tranken. Sie hörte das Klappern des Geschirrs und das Klingen der Gläser. Sie unterhielten sich und lachten laut. Teilweise klang das beinahe hysterisch. Sie rauchten. Verschwommen konnte sie die weißen Tabakschwaden sehen und den würzig-starken Zigarettenduft riechen.

Wenige Minuten später wusste sie auch, wie es sich anfühlte, wenn Zigarettenstummel auf ihrer Haut ausgedrückt wurden. Ihre erste Ohnmacht folgte. Aber ein Eimer eiskaltes Wasser holte sie schnell wieder zurück. Und dann kamen ein paar weitere Zigaretten. Und noch ein paar Schläge. Aber sie konnte wie durch einen dicken Schleier erkennen, dass sie schon langsam keine Lust mehr hatten. Würden sie ihr jetzt den Rest geben? Würde sie sterben müssen?

Plötzlich hörte sie wieder seine Stimme. Auf Arabisch. Sie konnte nichts verstehen. Aber plötzlich ließen sie von ihr ab und verzogen sich. Sie verließen die Halle. Sie konnte ihre Schritte hören, und dann schlug das große Metalltor laut krachend zu. War er auch gegangen? Oder war er noch da? Was um Gottes Willen war nur geschehen?

Sie wurde wieder ohnmächtig.

Das wirklich Positive an Pennern ist, dass sie manchmal in die entlegensten Ecken schleichen, um ein gemütliches und einigermaßen sicheres Schlafplätzchen zu finden. Und dann finden sie manchmal etwas ganz anderes. Zum Beispiel eine junge Frau, halb zwischen Leben und Tod.

Zwei Tage nach ihrem Martyrium lag sie immer noch an der gleichen Stelle, an der sie ohnmächtig geworden war. Es war stockdunkel. Aber das grelle Licht brannte in ihren Augen. Sie konnte sich nicht bewegen. Sie hatte keine Kontrolle über ihren Körper. Sie wollte sich auch gar nicht bewegen. Sie wollte nichts mehr. Oder doch, vielleicht einfach nur sterben. Oder wenigstens wieder ohnmächtig werden. Wenn nur das Licht endlich ausginge.

Vladimir Vasko, ihren Retter, nahm sie gar nicht mehr wahr. Der obdachlose Russlandaussiedler fand sie auf der Suche nach einem schönen Schlummerplatz für die nächsten paar Tage. So eine alte, ausgediente Halle war optimal. Abgelegen, unbenutzt und vor allem geräumig. Sicher fand sich dort auch ausreichend Material für den provisorischen Bettenbau. Kartonage, Dämmmaterial oder weiche Styroporplatten. Dazu seine altgediente Schmuddeldecke und schon war das ultimative Penner-Himmelbett fertig. Was er diesmal fand, machte allerdings ihn fertig.

Nur gut, dass die meisten Obdachlosen grundehrliche Menschen sind, bei denen halt mal irgendwann irgendetwas nicht so gut geklappt hatte und die auf die schiefe Bahn oder doch zumindest aufs stillgelegte Abstellgleis geraten waren. Zugegeben, beim ersten Anblick des doch arg geschundenen Frauenkörpers durchzuckte ihn der nachvollziehbare Impuls, einfach abzuhauen. Bloß keinen Ärger! Aber dann stöhnte dieses verkrümmt daliegende menschliche Bündel. Ganz, ganz leise. Vladimir erschrak furchtbar, sein Blut gefror ihm in den Adern, aber er wusste auch in der nächsten Sekunde, dass er unbedingt helfen musste. Toll wäre jetzt so ein neumodisches Mobiltelefon, aber er hatte natürlich keins. Konnte er sich als Penner nicht leisten und er wüsste normalerweise auch nicht, wen er anrufen sollte. Also rannte er raus aus der Halle, über den Hof und auf die Straße. Gott sei Dank fuhr dort gerade ein polnischer Lkw vorbei. Der hätte allerdings sicher nicht gehalten, hätte sich Vladimir nicht in einem Anfall von Heldenmut mitten auf die Fahrbahn gestellt und mit hoch erhobenen Händen gewunken, als wolle er einen Airbus A 380 bei der Landung auf einer dreispurigen Autobahn einweisen. Trotz leichter Verständigungsschwierigkeiten war der Trucker rasch dazu zu bewegen, den Notruf mit seinem Handy abzusetzen. Nach endlosen sieben Minuten traf der Krankenwagen ein und nach weiteren zwei Minuten die örtliche Polizei.

Was die Sanitäter dann vorfanden, war eine etwa 20-jährige nackte Frau mit grob geschorenem Schädel, unzähligen Hämatomen am ganzen Körper, einigen Verbrennungsspuren und mit sehr schwachem Puls. Dehydration, Unterkühlung und vollkommene Apathie kamen erschwerend hinzu. In dem Zustand hätte sie vielleicht noch einen halben Tag zu leben gehabt, vielleicht auch weniger.

Wenn doch nur dieses grausame Licht endlich ausgegangen wäre …

24

Hinter einer blickdichten Gardine stand der Hausherr und beobachtete aus seiner Deckung heraus das Treiben vor seinem Anwesen. Dem einen Araber hatte er eine volle Ladung Schrot in den Bauch gejagt. Vortrefflich! Den anderen hatte die automatische Schussanlage an der Tür niedergestreckt. Wenn man die richtigen Verbindungen – und einen mittelschweren Spleen – hatte, dann war das wirklich keine Kunst, solche Sicherungsmechanismen in seinem häuslichen Umfeld einbauen zu lassen. Er hatte das ganze schließlich seit einiger Zeit sorgfältig geplant. Und eines seiner Szenarien ging eben auch davon aus, dass er möglicherweise in seinem eigenen zu Hause mit diesem Pack konfrontiert werden würde. Also waren ein paar Vorsichtsmaßnahmen nötig. Und letztendlich hatte es ja auch wunderbar funktioniert. Nur draußen vor seiner Haustüre wimmelte es jetzt vor neugierigen Polizisten, die sicher bald bohrende Fragen stellen würden.

Er wusste, dass es jetzt Spitz auf Knopf stand. War er beinahe schon am Ende? Fast schon erledigt? Sie würden ihn vielleicht in Bälde kriegen. Bei all seiner geistigen Überlegenheit, bei seinem bedachten Vorgehen und bei seiner Genialität. Ihm würde es vielleicht wie seinem großen Helden und Vorbild ergehen, der ja letztendlich auch in seinem Keller in Berlin eher unrühmlich das Zeitliche gesegnet hatte. Schon irgendwie paradox. Aber wie sollte er die beiden Schrotopfer auf seinem Grundstück denn erklären? Überraschte Einbrecher? Wie sollte er die offensichtliche Verbindung zum Schächtmord in der Eggstraße leugnen. Reiner Zufall? Wenn einer der beiden Scheiß-Araber überlebte, würde er sowieso bestimmt sein dreckiges Moslemmaul aufmachen und singen wie ein zierliches Gelbsteiss-Bülbül hoch oben im Wipfel eines knorrigen Zedernbaumes in Beirut. Es gab nicht mehr viele Auswege. Aber eins würde er mit Sicherheit nicht tun: Aufgeben! Sich stellen! Niemals! Wenn schon, dann wurde ein dramatischer Abgang inszeniert, an den man sich noch Tausend Jahre erinnern würde und der ein gewaltiges Medienrauschen bewirken, ja vielleicht sogar eine kleine Revolution auslösen würde. Er würde dem Volk die Augen öffnen, er würde allen zeigen, was richtig und was falsch war. Und was ausgerottet gehörte! Die Vorbereitungen waren schon vor langer Zeit getroffen worden. Von ihm ganz persönlich. Und zwar äußerst akribisch. Jetzt war es an ihm, ein Zeichen, vielleicht sein finales Zeichen zu setzen!

Zunächst galt es also, noch viel mehr Publikum zu aktivieren. Die paar Bullen und die immer näher schleichenden Zaungäste waren längst nicht genug. Presse, es musste viel mehr Presse her! Lügenpresse! Mehr von diesen windigen Sozi-Schmeißfliegen, die über die Vorkommnisse – wenn auch sicherlich schräg links-verzerrt – ausführlich berichten würden. Und das ging natürlich nur mit einem echten Paukenschlag. Dazu musste er sich allerdings erst mal umziehen. Man will ja schließlich nicht im hellgrauen Anzug sterben. Da war braun doch schon wesentlich besser.

Vor der Tür herrschte leidliche Ratlosigkeit. Ein Verwundeter war abtransportiert worden, aber sonst gab es keinerlei Hinweise. Wo oder wer waren die anderen Verwundeten? Gab es sie überhaupt? Wer hatte geschossen? Und wo war der Schütze jetzt? Weidenmann und Diersmann hatten den

Bereich vor und neben der Garage untersucht. Da waren Blutspuren auf dem Boden vor der kleinen, seitlichen Tür, und es war nicht gerade wenig Blut. An der Tür selbst waren auch Blutspuren, aber eher nur ein paar Spritzer. Schleifspuren führten weiter hinten in den Garten. Weidenmann informierte Lang.

„Felix, hier ist jede Menge Blut am Boden. Und Schleifspuren, die nach da hinten führen."

„Warte, wir brauchen mehr Licht", war die Antwort des Hauptkommissars. „Hier ist auch was faul. Keiner macht auf und Kaltscheurer hat was entdeckt!"

Weidenmann wäre im Traum nicht eingefallen, hinter der dunklen Garage mit seiner Kollegin durch die Büsche zu schleichen. Er würde weder sein noch ihr Leben so leichtsinnig riskieren. Eine blöde Kugel im Finsteren und schon liegst du im kühlen Fichtensarg. Nein, danke! Er gab seiner Assistentin ein Zeichen und beide gingen wieder in Richtung Hauseingang.

„Was gibt's?"

„So etwas hab ich noch nicht gesehen. Schaut euch das mal an. Hier, ganz eindeutig. Da ist so eine Art Selbstschussanlage eingebaut. Hier bei der Eingangstüre. Und da hat's vor kurzem geknallt. Brauchst ja bloß dran zu riechen. Vier Mündungen, zwei auf ein Meter und zwei auf ein Meter vierzig Höhe. Vermutlich Schrot. Das hält ungebetene Besucher fern."

Kaltscheurer, der König der Spurensicherer war tatsächlich überrascht. Er hatte einmal kurz nach der Wende bei einer

Weiterbildungsreise die ehemalige innerdeutsche Grenze besucht und den perfiden Abwehrriegel gegen sogenannte Republikflüchtlinge bestaunt, aber so eine Anlage auf einem ganz normalen, privaten Grundstück in der schwäbischen Provinz – das war wirklich vollkommen außerhalb der normalen Vorstellungskraft.

„Los, wir brauchen Scheinwerfer! Hinter der Garage. Schweiger, machen sie da mal das Osram-Männchen!"

Kriminalkommissar Schweiger kramte schon im Kofferraum des Einsatzwagens und brachte zwei mittelprächtige Scheinwerfer zu Tage, die er nun in Richtung Garage schleifte.
Gleichzeitig gab es neuen Besuch. Gottschalk war mit seiner Entourage eingetroffen und fing an, sich wichtig zu machen, kaum hatte er die Wagentüre geöffnet.

„Was ist denn hier schon wieder los?" brüllte er. „Wo ist dieser Weidenmann? Lang, sie sind ja auch da! Ich brauche sofort einen vorläufigen Bericht!"

Lang verdrehte die Augen, Weidenmann schaute gar nicht erst in die Richtung, aus der das hektische Geplärre kam.
„Herr Oberrat, wir sind mittendrin, bitte warten sie noch eine Minute. Wir müssen erst das Areal sichern."
„Was ist denn passiert?", wetterte Gottschalk.
„Gleich, bitte!", flehte Lang und spurtete seinem Assistenten Schweiger hinterher, der jetzt hinter der Garage die Scheinwerfer in Position brachte.

Das machte Erol in seinem SUV naturgemäß ein wenig nervös. Er hatte im Dämmerlicht beobachtet, was da vor sich ging. Licht konnte er jetzt überhaupt nicht gebrauchen. Er musste reagieren. Und zwar schnell, sonst war es zu spät. Also ließ er den Wagen an, kloppte den Gang rein und ließ den 245 Pferdestärken ihren Lauf. Hüh, Brauner! Ohne Licht bretterte er kurz entschlossen am Zaun entlang auf einen nahen Feldweg, hinterließ eine mächtige Staubwolke und war kurz darauf hinter einem der lieblich begrünten Hügel Oberschwabens verschwunden. Die Beamten auf dem Grundstück sahen nur kurz die Bremslichter aufleuchten, als Erol auf den Feldweg einbog. Mehr war da nicht mehr zu machen. Die Spusi würde die Reifenspuren aufnehmen und den Weg nach weiteren Hinweisen absuchen. Das war's dann.

„Scheiße! Der hat einfach die ganze Zeit da im Dunklen gestanden und jetzt ist er weg! So eine Scheiße!" Weidenmann war stinksauer. Und jetzt kam auch noch Gottschalk angetrabt.

„Kann mir jetzt endlich mal jemand erklären, was hier los ist? Was ist denn das für ein verdammter Affenzirkus! Wer leitet denn hier den Einsatz?"

„Sie, Herr Kriminaloberrat", meldete sich Frau Diersmann aus dem Hintergrund. Sie hatte gerade ihr Handy vom Ohr genommen und platzte mit der Neuigkeit heraus, die sie soeben aus dem Krankenhaus erfahren hatte. Der Verletzte hatte zwar keine Papiere bei sich, aber angesichts der Schwere seiner Verletzung hatte er in einem kurzen Moment des Bewusstseins nach seinem Vater verlang, nach seinem „Baba": Jassid Al-Babakoudis.

„Einer der Verletzten ist ein Al-Babakoudis-Sohn. Wir wissen allerdings noch nicht, welcher. Aber das dürfte wohl mit ihrem Mordfall in irgendeinem Zusammenhang stehen. Und dann ist das hier natürlich auch ihr Fall, ihr Einsatz."

„Sie schon wieder!", fauchte Gottschalk.

„Jawohl, immer zu Diensten!", lächelte die Polizeianwärterin.

25

Pyrotechnik. Ein wirklich faszinierendes Hobby. Schon als kleiner Junge fand er nichts geiler als fette Chinaböller, ohrenzerfetzende Donnerschläge und glitzernde Mehrsternraketen. Sein ganzes Taschengeld ging damals regelmäßig dafür drauf, und seinen blöden aber nun mal volljährigen Cousin musste er immer noch extra bezahlen, damit er ihm das Zeug nach Weihnachten besorgte. Bis er dann endlich selbst achtzehn war. Normalerweise hatte er ja nur an Silvester die wunderbare Gelegenheit unerkannt ein paar seiner beachtlichen Fähigkeiten zu demonstrieren. Von seiner Terrasse aus ließ er dann ein paar großkalibrige Raketen, die man nicht einfach so im Laden kaufen konnte, in den Nachthimmel über Eulendorf aufsteigen. Ansonsten tobte er sich bei kleineren Sprengübungen mit seiner braunen Jungschar in der Kiesgrube aus. Doch heute war sein großer Tag − oder besser noch: seine große Nacht gekommen. Heute würde er es im wahrsten Sinne des Wortes „mal so richtig krachen lassen". Die Vorbereitungen dafür waren schon vor langem getroffen worden und die Anlagen wurden in all ihren Einzelkomponenten regelmäßig überprüft und gewartet.

Das Wichtigste bei solch einer Aktion war es, zunächst die größtmögliche Erregung der öffentlichen Aufmerksamkeit zu erlangen. Das ging naturgemäß mit akustischen Mitteln wesentlich besser als mit optischen. Also mehr Rumms-Bumms und weniger Glitzersternchen. Zu diesem Behufe hatte er eine Art selbstkonstruierte Mörservorrichtung auf dem Dach installiert, die er jetzt vermittels einer Zahnradkurbel in die gewünschte Schussrichtung brachte. Sie konnte zwölf fette Granaten gleichzeitig verschießen, die in etwa einen guten Kilometer weit flogen und dann lautstark detonierten. Das hatte er mittels eines Zeitzünders genau berechnet und eingestellt. Somit reichte der Radius locker, um die wuchtigen Dinger zumindest über die Grenze der Innenstadt und in die Nähe des Schlosses zu befördern. Die Detonationen dürften die meisten Scheiben im unmittelbaren Umfeld zum Zerbersten bringen und hatten in etwa die Dimension eines Überschallknalls. Wenn so ein Kampfjet an einem menschlichen Ohr vorbeijagt, bleibt kein Auge – pardon: kein Ohr trocken. Ganz Eulendorf wäre somit geweckt und würde verschreckt aus dem Fenster glotzten. Dann musste er nur noch dafür sorgen, dass die braven Bürger auch alle die Köpfe in die richtige Richtung drehten. Nämlich nach Norden, wo vom Stadtzentrum aus gesehen das alte Forsthaus lag.

Dieses zweite Ziel ließ sich dann wiederum besser mit einer optischen Attraktion erreichen. Stichwort Feuerball. Dazu genügte schon ein einfacher 40-Liter-Kanister voll mit bestem 98er-Superbenzin. Mit einem selbstgetüftelten Katapult konnte dieser etwa 150 Meter in die Höhe geschleudert werden, wobei natürlich auch eine gewisse Seitenneigung der Flugbahn von Nöten war. Es wäre ja äußerst unpassend, wenn die ganze Chose direkt über dem eigenen Kopf explodierte. Also immer schön auf die ballistische Kurve achten. Der Kanister würde somit elegant über die Grundstücksgrenze trudeln und auf dem angrenzenden Feld detonieren. Ein riesiger Feuerschwall wie von einem furchteinflößenden Drachen ausgespuckt würde das geneigte Publikum in die gewünschte Richtung schauen lassen. Gut! Und schließlich ging es noch darum, diese Attraktion in Aktion umzumünzen. Kommet und sehet! Dazu musste also der optische Impuls aufrechterhalten, wenn nicht noch gesteigert werden. Ein lichterloh brennender Schuppen eignete sich bestens dafür. Auch das ließ sich reibungslos in die Tat umsetzen. Mit Brandbeschleuniger und einer einfachen Zündvorrichtung würde eine leuchtende Fackel entfacht, die die Schaulustigen anziehen würde, wie ein Kartoffelfeuer im Herbst die staunenden Kinder. Nur dass es eben keine Kartoffeln gab. Alles war vorbereitet, und er machte sich an die Arbeit. Die würden schon noch glotzen, denen würde er es allen zeigen! Diesen ewigen Gutmenschen und Weltverbesserern, diesen Multi-Kultis und Öko-Deppen, diesen grünen Vegetariern und rosa Schwuchteln, dem Sozi-Pack und den Scheiß-Kommunisten – schlicht allen, die nicht in sein deutsch-völkisches Weltbild passten!

Unterdessen hatten Lang und Weidenmann Kriminaloberrat Gottschalk über die Vorkommnisse auf dem Grundstück informiert. Wobei Weidenmann eigentlich nur daneben gestanden und ab und zu eine launische Bemerkung gegrunzt hatte.

„Soso", sagte Gottschalk, „dann müssen wir ja wohl oder übel diese verdammte Hütte da stürmen! Da hat sich anscheinend ein Wahnsinniger verschanzt, und wer weiß, was der noch alles anstellt. Da hätten Sie beide schon lange drauf kommen können! Na, nur gut, dass ich jetzt da bin!"

„Sicher, Herr Kriminaloberrat!", fauchte Lang, und Weidenmann verdrehte nur die Augen.

„Ja, na also, auf was warten Sie denn noch? SEK anfordern, hopp-hopp! Lageplan erstellen, Absperrungen einleiten, Einsatzzentrale einrichten, Sanitäter informieren und so weiter und so fort. Das ganze Programm. Ich kann ja nicht alles alleine machen. Los geht's, flott, flott, flott!"

Lang setzte sich zwar flott, aber doch erkennbar widerwillig in Bewegung, während Weidenmann einen cleveren Ausweg suchte, um sich möglichst unauffällig absentieren zu können und eben doch noch nah genug am Geschehen zu bleiben.

„Sie, äh, brauchen mich dann ja nicht mehr unmittelbar hier, oder?", fragte er mit gespielt devotem Unterton.

„Sie? Sie können von mir aus da hinten den Verkehr regeln! Das können sie doch hoffentlich, oder?", antwortete Gottschalk mit verächtlicher Stimme.

„Den Straßenverkehr regeln? Ja klar! Sofort! Das ist mein absolutes Spezialgebiet, Herr Kriminaloberrat!", strahlte Weidenmann und hatte somit erreicht, was er wollte. Er machte militärisch auf dem Hacken kehrt und verzog sich schnellen Schrittes aus Gottschalks unmittelbarem Dunstkreis.

Ihm war da nämlich gerade siedend heiß etwas möglicherweise sehr Interessantes eingefallen.

26

Das beschauliche oberschwäbische Städtchen Eulendorf lag im lieblichen Tal des Schussbachs, eines kleinen Flüsschens, das sich dem Bodensee entgegen mäanderte, den es etliche Kilometer weiter südlich bei Erichskirch erreichte. Das alte Forsthaus stand als nördlichstes Haus der Stadt isoliert vom Rest der Bebauung wie ein Solitär etwa 200 Höhenmeter über dem Schussbach auf halbem Weg zur Antzenberger Höhe. Direkt vor dem Grundstück verlief die Kreisstraße nach Bad Schussbachroth, dem nächsten größeren Ort. Wenn man vom Forsthaus aus die Straße überquerte und Richtung Schussbach laufen wollte, kam man nach etwa einhundert Metern an ein Hindernis. Der sich zunächst sanft dem Tal entgegen beugende Hang fiel an einer Kante abrupt drei Meter steil nach unten ab. Und zwar auf einer Länge von ungefähr einem knappen Kilometer. Das reichte fast bis an die Stadtgrenze heran. Nun war dieser felsige Abbruch nicht einfach nur eine vielleicht für Wanderer hinderliche geologische Erscheinung, sondern auch ein Segen für die Eulendorfer – zumindest in vergangenen Zeiten. Der Molassehang war hier durchlöchert wie ein schmackhafter Schweizer Käse. Ein kleiner Feldweg führte parallel zur Kreisstraße an etwa siebzig Holz-, Blech- oder Eisenportalen unterschiedlichster Formen, Farben und Ausführungen vorbei. Dahinter befanden sich die alten Eiskeller der Stadt, die teilweise tief in den Stein getrieben waren. Anfang des 19. Jahrhunderts errichtet und vereinzelt noch bis in die 1950er Jahre genutzt, waren sie Zeugen einer vergangenen Zeit. Die meisten der Eiskeller waren mittlerweile aufgelassen, zugeschüttet oder verfallen. Nur wenige wurden noch genutzt, meist als landwirtschaftliche oder private Rumpelkammern. Eine der kühlen Kammern, das wusste Weidenmann aus einer historischen Führung, gehörte früher auch zum altehrwürdigen Forsthaus. Das war natürlich noch lange kein Grund, dort jetzt eilig hin zumarschieren. Aber was, wenn es stimmte, was der alte Stadtführer damals mit einem wissenden Grinsen in seinem Lederapfelgesicht erzählt hatte? Dass es nämlich diverse Keller gab, die nicht einfach irgendwo im Fels endeten, sondern während des Krieges von polnischen und russischen Zwangsarbeitern ausgebaut wurden. Heimliche, unterirdische Pfade, unbekannte Verbindungsgänge, militärisch genutzte Stollen und am Ende vielleicht grausige Verließe. Sogar bis zum Schloss hin sollte so ein in den Stein getriebener Weg führen. Oder zumindest einmal geführt haben. Da konnte doch auch ein gänzlich vergessener Fluchtweg zum Försterhaus hin bestehen, keine 130 Meter vom Eingang des Eiskellers entfernt …

Weidenmann machte sich umgehend auf den Weg. Er blickte sich kurz um, ob auch Gottschalk ja nicht seine Extratour den Hang hinunter beobachtete. Aber der war mit herumkommandieren, wildem Gefuchtel und kräftigem Fluchen dermaßen beschäftigt, dass er kein Auge mehr für den Oberkommissar hatte. Weidenmann wusste, dass er nicht direkt auf den Felsenhang zuhalten sollte, denn da würde er an der Kante nur drei Meter in die Tiefe hinab blicken. Also ging er schräg nach Nordosten, wo nach etwa dreihundert Metern der Abbruch sein flaches Ende fand. Hier traf er auf den Feldweg und ging wieder in südlicher Richtung, bis er den ersten Kellereingang erreichte. Es würde zwar Sinn machen, dass dies der Eingang zum Forsthauskeller war, da der alte Kasten ja auch das nördlichste Haus der Stadt war, aber sicher war das natürlich nicht. Also sah er sich ein wenig um. Der erste Eingang war verrammelt und mit einem riesigen, rostigen Vorhängeschloss gesichert, in dem sich garantiert seit zwanzig Jahren kein Schlüssel mehr gedreht hatte. Das zweite und dritte Tor waren in erbärmlichem Zustand, festgerostet, verbeult, verbogen. Keller Nummer vier war der erste, der einen halbwegs passablen Eindruck machte. Eine feste Metalltür, ein Sicherheitsschloss, intakte Scharniere und sogar Spuren vom kürzlichen Öffnen und Schließen der Türflügel. Weidenmann konnte im Schein seiner Handy-Taschenlampe Fuß- und Reifenspuren ausmachen. Hier war vor nicht allzu langer Zeit ein- und ausgegangen worden, das stand fest. Also nahm er das Umfeld etwas genauer in Augenschein. Außer zwei alten Eisenstangen und einem Holzstoß war allerdings nichts Besonderes zu bemerken.

Und dann tat es plötzlich Riesenschläge, als ob überdimensionale Artilleriegeschütze ihre Ladungen auf den Weg geschickt hätten. Das kam von der Stadt her. Weidenmann fuhr herum und konnte gerade noch die Restwolken der Detonationen über dem Schlossturm verrauchen sehen. Was war denn das nun schon wieder? Aus der Ferne war nach und nach Einiges zu hören. Die panischen Geräusche einer jäh unterbrochenen Nacht. Sirenen heulten auf, Fetzen von hysterischem Geschrei, dumpfes Gepolter und scheppernder Aufruhr klang durch den dunklen Himmel, Motoren fingen an zu dröhnen. Da, war das nicht sogar ein Schuss? Naja, vielleicht Kleinkaliber. Da musste wohl einiges los sein. Der Geräuschpegel schwoll an, und obwohl Weidenmann mehr als einen Kilometer von der Stadt entfernt war, konnte er immer deutlicher die aufkeimende Angst eines „Rette-sich-wer-kann"-Szenarios hören. Sollte er sich jetzt in Richtung Schloss begeben? Schließlich war er ja der Oberpolizist des Kleinstädtchens. Oder lieber hier beim Eiskeller bleiben? Besser zurück zum Forsthaus? Lange hatte er keine Zeit, um über diese Alternativen nachzudenken. Noch während er überlegte, krachte es erneut. Allerdings lange nicht so heftig wie bei den ersten Malen. Fast gedämpft breitete sich ein langes, dröhnendes „Wummmm" aus, das an das entfernte Brausen einer gewaltigen Welle erinnerte. Und unmittelbar danach hörte Weidenmann Applaus. Zumindest klang es so. Nach wenigen Sekunden stellte er jedoch fest, dass Applaus nicht der richtige Ausdruck war. Das war nicht Woodstock, Rock am Ring oder die Arena von Verona. Das war mehr so ein Prasseln und Knistern. Und nun konnte er auch optisch nachvollziehen, was dort weiter oben los war. Ein orangeroter Feuerschein erhellte zitternd und wabernd den oberschwäbischen Nachthimmel. Und zwar haargenau aus der Richtung des altehrwürdigen Forsthauses.

Was Weidenmann nicht wusste, war, dass er soeben Zeuge eines pyrotechnischen Meisterwerks geworden war. Wie geplant waren zunächst die zwölf Mörser gezündet worden und hatten ihr lautstarkes Werk über den Dächern der Stadt vollbracht. Eine leichte Fehlberechnung führte dazu, dass die Detonationen nicht mehr als etwa dreißig Meter über Ortshöhe erfolgten, teilweise nur wenige Meter über den Giebeln, Dachterrassen und Firsten. 348 geborstene Fensterscheiben, vierzehn geplatzte Trommelfelle und ein Herzinfarkt (der alte Ludwig Lisse, ehemaliger Kassenwart des FC Eulendorf und Träger der bronzenen Ehrennadel der Stadt) waren die Folge gewesen. Die Stadt war wach! Gefolgt wurde dieser fulminante Auftakt erst von einem fliegenden Feuerball und dann von der benzinunterstützten Explosion der alten Scheune, die auf dem Acker neben dem Forsthaus stand und nun lichterloh brennend eine riesige Feuersäule in den Himmel schickte. Sein Plan war perfekt aufgegangen. Erst die ganze Stadt mit einem Paukenschlag aufwecken und dann die Aufmerksamkeit der werten Eulendorfer Bürgerschaft auf die ehemalige Försterresidenz richten. Und schon waren auch die ersten besorgten Einwohner auf der Straße und bewegten sich verstört in Richtung Norden, auf die lichterloh brennende Scheune zu. Neugierde ist die erste Bürgerpflicht! Viele hatten Taschenlampen dabei, einige sogar waffenähnliche Gerätschaften aus Garten, Keller und Hobbyraum. Ein paar Jagdgewehre waren wohl auch zu sehen. Schließlich handelte es sich ja wahrscheinlich um eine Attacke wildgewordener Außerirdischer, einer fanatischen Taliban-Armee oder – noch schlimmer – der Russ' stand wieder vor der Tür. Obwohl damals hier in Oberschwaben ja mehr der Amerikaner oder der Franzos zugegen gewesen war. Und die waren jetzt ja schließlich Verbündete gegen das Böse in der Welt geworden.

Die folgenden zwanzig Minuten sind mit granitsäulengroßen Setzkastenbuchstaben in das Geschichtsbuch der Stadt Eulendorf eingetragen. Dort, etwas außerhalb der Stadt beim alten Forsthaus musste etwas ganz Furchtbares passiert sein. Blaulicht blitzte, ein Sanitätswagen schoss auf der Kreisstraße darauf zu, Scheinwerfer leuchteten taghell auf und es wimmelte und wuselte von Uniformierten. Fetzen von energischen Lautsprecheransagen waren zu hören. Das Volk setzte sich in Bewegung. Darauf hatte er gewartet. Jetzt war seine große – aber noch lange nicht letzte – Stunde gekommen. Als das Publikum ausreichend nahe war, als die Menge groß genug war und als die Stimmung geladen war, wie die Luft im unmittelbaren Umfeld einer Hochspannungsleitung, trat er auf die Dachterrasse. Widows-Walk würde man so etwas in der Harris-Street in Savannah, South Carolina nennen. Ein sofortiges Raunen ging durch die Menge. Denn selbstverständlich hatte er sich in Schale geworfen. Er trug die Originaluniform des Reichsführers SS, Heinrich Himmler mit Echtheitszertifikat, die er für ein halbes Vermögen von einem amerikanischen Sammler, der in Geldnöte geraten war, erstanden hatte. Der Ehrendegen RFSS schaukelte rechts an seiner Koppel. Die Kragenspiegel und Schulterabzeichen waren mit ihren drei Eichenblättchen fast schon bescheiden. Die Schirmmütze mit dem Totenkopf allerdings nicht. Sie durfte natürlich nicht fehlen. Und auch der Lautsprecher nicht. Ein kaum vernehmbares „Klick" und er war auf Sendung. Jetzt sollten sie was zu hören bekommen, die Spießer-Kretins mit ihren Teiggesichtern und der devoten Duckmäuserhaltung. Eine eindeutige Geste mit dem rechten Arm sorgte für ein erneutes Aufstöhnen des versammelten Auditoriums, dann herrschte gespenstische Ruhe und er legte los:

„So, ja da staunt Ihr, was? Euer Stadtbaudirektor kann auch anders! Ihr alle kuscht euer ganzes Leben lang und lasst euch von volksfremden Verbrechern und ihren Sozi-Sympathisanten von vorne bis hinten verarschen. Ich nicht! Ich schlage zurück. Und unseren laschen Polizeischergen rufe ich fröhlich zu: ja, ich war es! Ich habe den Araber langsam geschächtet und zugeschaut, wie sein verdorbenes Blut aus seinem schmierigen Körper gelaufen ist. Dieses Drecksgesindel hat bei uns ..."

„... kommen Sie sofort mit erhobenen Händen da runter, oder ich lasse das Gebäude stürmen!"

Mittlerweile hatte man Gottschalk nach längerem Geplärre ein Megaphon in die Hand gedrückt und er konterte jetzt, so gut er eben konnte.

„... nichts verloren. Und wenn sich die Polizei nicht darum kümmern will, dann müssen wir das tun! Aufrechte Deutsche, Volksgenossen, Patrioten! Graf Starhemberg und Prinz Eugen von Savoyen haben die Türken vor Wien geschlagen, und wo sind sie jetzt? In jeder Stadt, in jedem Gau, im ganzen Land. Und ihre ganze arabische Brut haben sie auch gleich mitgebracht. Moslems, Islamisten, Salafisten und was weiß ich was noch alles! Ich sage nur: raus mit dem ganzen Pack! Zurück in die Wüste. Und am besten genauso ausgeblutet wie dieser Hurensohn, dem ich die Kehle durchgeschnitten habe. Ja, und ich bin stolz darauf!"

„... Hören Sie sofort auf mit Ihrer verdammten Ansprache! Kommen Sie herunter! Geben Sie auf! Es gibt keinen Ausweg mehr für Sie!"

Das war jetzt ein Durcheinander von Lautsprecherstimmen, von gegenseitigem Angeschreie und überlappenden Aufforderungen.

„... Volksgenossen, wir müssen ..."

„... endlich Schluss machen ..."

„... mit eiserner Hand und unnachgiebiger Strenge ..."

„... hat das doch keinen Sinn! Das Gelände ist umstellt ..."

„... und deswegen müssen wir uns befreien vom harten Joch der widerlichen Fremdbestimmung ..."

„… ohne Widerstand zu leisten …"

„… und das deutsche Volk …"

„… unbedingt ohne weiteren Schaden anzurichten …"

„… in ein neues, glänzendes Zeitalter zu führen …"

„… ich gebe Ihnen noch zehn Sekunden, dann wird gestürmt!"

Weidenmann bekam von dem ganzen Lautsprecher-Gefecht nur fern verwehte Wortfetzen mit, aber irgendwie hatte er das unbedingte Bauchgefühl, dass sein jetziger Standort beim Eisentor des alten Eiskellers noch von Bedeutung sein würde. Oben bei der Förstervilla hatten seine Kollegen unter der unsäglichen Führung von Idioten-Gottschalk hoffentlich alles im Griff. Was konnte er da Sinnvolles tun? Nicht viel. Hier unten könnte sich allerdings noch etwas Spannendes ergeben, etwas Unvorhersehbares, das hatte er in seinem Polizeioberkommissars-Urin.

Zehn Sekunden sind schnell vorbei. Das wusste auch der braune Nazi-Stadtbaumeister. Also zündete er jetzt die nächste Stufe seines lange ausgetüftelten Plans. Und das bedeutete erst mal Rauch. Ein kurzer Tritt auf den vorbereiteten Fußschalter und sofort war die gesamte Dachterrasse komplett vernebelt. Ein kurzer Zug am umgebauten Weichenhebel und das nächste Täuschungsmanöver wurde sofort eingeleitet. Die herbeigeeilten Eulendorfer, das gesamte Polizeiaufgebot und der Rest der versammelten Unterstützungskräfte glotzten nach oben.

Weidenmann hatte sich indessen endgültig für seinen Verbleib bei der alten Eisentür entschlossen. Er lauschte den Geräuschen, die verzerrt vom Forsthaus herkamen und wartete ab. Übrigens, eine ganz hervorragende und äußerst wichtige Eigenschaft für einen guten Polizisten: Abwarten können!
Und das tat er dann auch für die nächsten zehn Minuten. In dieser Zeit tat sich weiter oben Gewaltiges.

Das mittlerweile in voller Kampfstärke versammelte Sondereinsatzkommando machte sich zum geselligen Stürmen bereit. Zwei Mann sicherten die Eingangstüre während Rambo 1 mit dem dazugehörigen Rammeisen die alte, kunstvoll geschnitzte Holztür zertrümmerte. Eins, zwei, Rrrumms-Krrrach-Polter! Hurra! Und schon rumpelten die vierzehn schwer bewaffneten, behelmten und kugelsicher geschützten Elitebeamten in das altehrwürdige Haus.

„Sicher!"
„Sicher!"
„Sicher!"
„Sicher!"
„Sicher!"
„Sicher!"

Das war alles, was jetzt von drinnen zu hören war. Abgesehen vom Stiefelgetrampel, den eingetretenen Türen und dem sonstigen Beilärm der Stürmung. Nachdem das Erdgeschoß durchforstet war – kleines Wortspiel, Stichwort *Förstervilla* – ging es in den ersten Stock, anschließend weiter in den zweiten. Ein Sonderpolizist sicherte den Abgang zum Keller, ein anderer den Ausgang zur hinteren Terrasse. Die restlichen

Kollegen arbeiteten sich weiter vor, bis sie schließlich („Sicher, sicher, sicher!") die Luke zur Dachterrasse erreichten. Jetzt kam's also drauf an. Da draußen war er. Sie hörten gedämpfte Fetzen seiner volksdeutschen Ansprache. Rambo 1 ging wieder nach vorne und brachte seinen Universaltüröffner in Position. Eins, zwei, Rrrumms-Krrrach-Polter! Hurra! Der Stoß war so heftig geführt, dass die Luke komplett aus ihren Angeln gerissen wurde, laut scheppernd auf den Boden der Terrasse krachte und bis an das girlandenverzierte Schmiedeeisengeländer rutschte. Und schon stürmten auch die ersten Polizisten hinterher. Da, dort stand er! Fuchtelte verdächtig mit dem rechten Arm und plärrte seine verquere Ideologie in die schöne, oberschwäbische Landschaft. Die immer noch brennende Scheune warf die ganze Szenerie in ein gespenstisch rot-orangenes Licht. Polizeiobermeister Seidler, der vorderste Mann in der Angriffslinie, erkannte sofort, dass mit einem vorschriftsmäßigen Anruf à la „Polizei, Hände hoch, ergeben Sie sich!" hier kein Blumentopf zu gewinnen war. Er nickte seinem Kollegen schräg hinter ihm kurz zu und stürzte sich dann mit Schwung auf den uniformierten Redner. Zwei Sekunden später hatte er ihn bereits mit einem gekonnten Polizeigriff überwältigt und drei Sekunden später hielt er seinen abgetrennten Kopf in der Hand. Die braunen Hasstiraden dröhnten allerdings mit unverminderter Lautstärke weiter in die rotleuchtende Nachtluft. Stadtbaudirektor Beyerle hatte nämlich schon längst heimlich den geordneten Rückzug durch die breite Dachluke angetreten. Das hatte von den Umstehenden niemand mitbekommen. Erstens wegen des ganzen Nebels und Rauchs und zweitens wegen der ununterbrochen fortgesetzten Beschallung mit wahlweise braunen, rechten, anti-islamischen und sonst wie verunglimpfenden Parolen.

Und als sich der Nebel langsam gelichtet hatte, war er ja auch wieder zwischen den schummrigen Rauchfetzen zu erkennen gewesen. Vielleicht war er jetzt eine Spur ungelenker, etwas kantiger, fast schon ein wenig unnatürlich. Das lag aber nur daran, dass statt dem Stadtbaumeister aus Fleisch und Blut nun eine lebensechte Puppe ihre Ansprache gehalten hatte. Auf die Mechanik der Figur hatte ihr Erbauer leider nicht ausreichend Zeit verwenden können, deswegen waren die Bewegungen etwas sperrig. Aber sie erfüllte zunächst ihren Zweck, nämlich den der Verwirrung. Und den der Aufmerksamkeitszentrierung. Das merkten jetzt auch die verdutzten SEK-Beamten.

Gottschalk allerdings, der die Szene von unten beobachtet hatte, stimmte bereits seinen persönlichen Triumphmarsch an.

„Sehen Sie, so macht man das! Nicht lange fackeln, überlegt organisieren, gekonnt koordinieren und dann zack: zuschlagen! Dazu braucht's halt Übersicht und Erfahrung!", wandte er sich an seine umstehenden Untergebenen.

Als er kurz danach wieder nach oben blickte, verstummte er jedoch unverzüglich und seine Gesichtsfarbe nahm wieder diese Puter-Anmutung an, für die er allerseits bekannt war. Seidler, der SEK-Beamte hielt nämlich den Kopf des Stadtbaudirektors, beziehungsweise den der ihn ersetzenden Puppe am Schopf hoch, so als wollte er nach einer geglückten Enthauptung seinen Erfolg stolz der johlenden Menge präsentieren.

„Was ist denn das für eine gequirlte Hühnerscheiße?" (Weidenmann hätte unwillkürlich an *„Stirred Chickenshit"* gedacht.), schrie Gottschalk, aber keiner hörte ihn, da die Zuschauer dieser makaberen Szene, also alle Offiziellen plus die herbeigeeilten Eulendorfer Bürger synchron in einen schrillen Schreckensschrei ausbrachen. Mit einem einfachen „Huch!" war es da nicht getan. Daraufhin ließ auch Seidler flugs den enthaupteten Puppenschädel wieder sinken und alle SEK-Mitglieder zogen sich rasch in den von unten nicht einsehbaren Bereich der Terrasse zurück.

„Was soll ...? Verrat! Kann denn keiner ...? Feuer frei! Verdammt nochmal! Zugriff! Wo, wo sind denn ...? Wer ...?" Gottschalk stammelte nur noch unkoordiniert vor sich hin. Erfolg und Niederlage liegen halt oft sehr eng beieinander.

Die SEK-Beamten hatten inzwischen erkannt, dass sie sich auf der Terrasse nicht mehr mit Ruhm und Ehre bekleckern konnten und rumpelten in voller Montur wieder die Treppen hinunter. Wenn das ganze Haus „Sicher, sicher, sicher!" war, dann kam ja nur der bislang noch unerkundete Keller in Frage, dessen Zugang von einem schwerbewaffneten Kollegen zuverlässig bewacht wurde.

29

Weidenmann verharrte derweil wachsam und standhaft auf seinem Eiskeller-Observationsposten und lauschte gespannt. Und mittlerweile gab es auch durchaus ernst zu nehmende Indizien, dass er dort hervorragend aufgehoben war. Es hatte nämlich zarte Geräusche hinter dem alten Eisentor gegeben. Ein Kratzen, Schaben, Schleifen oder Zerren. Kaum hörbar, offensichtlich noch weit hinter dem Tor, aber dennoch zweifellos aus dem alten Stollen kommend. Weidenmann versetzte sich selbst sofort in erhöhte Alarmbereitschaft und ging im Geiste durch, was nun alles passieren könnte. Am wahrscheinlichsten war natürlich, dass Beyerle die Flucht durch den Eiskeller antreten würde. Wenn das der Fall wäre, musste er, Weidenmann, ihn stoppen. Kein Thema, die gute Walther PPK, Weidenmanns Privatpistole, die er auch im Dienst mitführte, würde das locker erledigen. Er fand das schon ein wenig drollig, dass die Pistole ihre Bezeichnung PPK der Abkürzung *Polizeipistole Kriminal* verdankte. Mit seiner neumodischen, dienstlich gelieferten High-Tech-Wumme hatte er sich nie so richtig anfreunden können und blieb lieber bei seiner alten Weggefährtin aus dem legendären Werk in Ulm. Schwäbisch halt! Das neue Ding lag in seiner Schublade hinten rechts. Das war natürlich vollkommen gegen die Vorschriften, aber so what!

Beyerles Flucht konnte zu Fuß erfolgen. Das war Möglichkeit eins. Relativ einfach zu lösen: „Hände hoch, stehen bleiben, Hände in den Nacken, hiermit nehme ich Sie vorläufig fest!" Fertig. Vielleicht ein kleiner Warnschuss bei Widerstand gegen die Staatsgewalt, aber mehr auch nicht. Es sei denn,

Beyerle war bewaffnet. Dann musste er sich vielleicht sogar auf einen kurzen Schusswechsel gefasst machen.

Die Flucht konnte allerdings auch mit Hilfsmitteln erfolgen. Wegen der Breite des Eiskellerzugangs schieden zweispurige Fahrzeuge zwar aus, aber er konnte ja durchaus auch ein Fahr- oder gar ein Motorrad benutzen. Also Möglichkeit zwei. Immer noch ziemlich einfach. Weidenmann packte sich eine der Eisenstangen, die neben dem Eingang lagen und prüfte sie eingehend. Er war früher einmal ein gar nicht so übler Leichtathlet in der Polizeisportgruppe gewesen. Speerwurf war damals seine absolute Paradedisziplin. Und da sich Speere und Speichen nicht so gut vertrugen, konnte er vielleicht sein Talent wieder auferstehen lassen.

Zum weiteren Nachdenken und Spekulieren über die diversen Fluchtoptionen des ehrenwerten Herrn Stadtbaudirektors kam er jedoch nicht mehr. Mit einem mächtigen Rrrrumms öffneten sich die beiden Flügel des alten Kellereingangs. Es knatterte ohrenbetäubend und nach einer veritablen Fehlzündung schoss ein originalgetreu lackiertes BMW R 75 Gespann mit gezurrter MG-Lafette pfeilschnell aus dem Tor. Allerdings Gott sei Dank ohne Maschinengewehr. Der Fahrer hatte sich offensichtlich umgezogen und trug jetzt einen schwarzen Ledermantel, einen alten Wehrmachtshelm und eine Kradmelder-Schutzbrille. Weidenmann stand da mit seiner Stange und glotzte gebannt auf das heranbrausende Fahrzeug. Noch zwei Meter. Der Motorradpilot glotzte ebenfalls auf den eisenstangenschwingenden Weidenmann. Was um Himmels Willen machte dieser verdammte Dorfsheriff hier? Wieso war er nicht verflucht nochmal oben im Brennpunkt des Geschehens? Mehr Gedanken konnte er sich zu diesem Thema jedoch nicht mehr machen. Zwei Meter sind halt nur zwei Meter. Er rauschte wie der Blitz an Weidenmann vorbei, der sich mit einem geschickten Sprung zur Seite gerade noch retten konnte und mit der gleichen, fließenden Bewegung des Zur-Seite-Hechtens den Gespannfahrer mit einem professionellen Hammerwerfer-Schwung eisenstangenmäßig am behelmten Hinterkopf traf. Und zwar derart heftig, dass die Lichter ausgingen. Natürlich nicht die am Motorrad, denn das war ja sowieso ohne Licht unterwegs gewesen. Der Fahrer versank durch den Schlag in eine sofortige, ohnmachtsgleiche Benommenheit, kippte nach vorne auf den Lenker und bretterte über den Feldweg in den abschüssigen Wiesenhang. Die nächsten zweihundert Meter holperte er über die reichlich vorhandenen Maulwurfshügel, schräg am Sportplatz vorbei und von da weiter durch einen Rapsfeldstreifen. Sodann landete er mit einem kleinen, dezenten Hopser über einen schmalen Trampelpfad mitten im romantischen Schussbach. Es gab einen kurzen, heftigen Platscher und bald darauf herrschte am Ufer wieder relative Ruhe. Der Motor konnte sich naturgemäß mit dieser nassen Umgebung nicht sonderlich anfreunden und blubberte dezent sein letztes Abschiedshusten in die linde Nachtluft. Nur ein ganz leises Zischen war noch zu hören.

Weidenmann rannte den Hang hinunter. Die Stange hatte er gleich weggeworfen und fummelte stattdessen nun sein Handy aus der Jackentasche. Er musste natürlich sofort seine Kollegen über die neuesten, dramatischen Entwicklungen informieren. Hang, Handy, Dunkelheit und Maulwurfshügel gepaart mit erhöhter Laufgeschwindigkeit führen allerdings manchmal zu ungewollten akrobatischen Einlagen. Weidenmann trat in vollem Schwung seitlich auf eine Erderhebung, strauchelte zur Seite, stolperte und landete nach einer halben Schraube unsanft auf dem Rücken. Das gezückte Mobiltelefon segelte in hohem Bogen über die Köpfe der Rapsblüten und landete irgendwo sanft im weichen Ackerboden. Mist! Weidenmann rappelte sich sogleich wieder auf. Keine Kontaktmöglichkeit mehr und die Lendenwirbel meldeten sich deutlich und äußerst unangenehm. Egal! Also weiter! Er humpelte unter Schmerzen bergab Richtung Schussbach. Hundert Meter noch, dann stand er vor der alten BMW, von der jetzt allerdings nur noch Sattel, Lenker und ein kleiner Teil des Tanks aus dem Wasser schauten. Vom Fahrer keine Spur. Weidenmann lauschte. Nichts. Das Ufer war mit kleinen Büschen und Bäumchen bewachsen. Äußerst gute Versteckmöglichkeiten. Wenn Beyerle hier irgendwo lauerte, dann hatte er den Oberkommissar bestimmt schon im Visier. Und das konnte sehr gefährlich werden. Was aber, wenn er verletzt im Wasser lag? Was, wenn er bereits ertrunken war? Was, wenn er den Bach hinabtrieb? Weidenmann sprang beherzt in das kühle Nass. Er watete um das Motorrad herum, begutachtete das gegenüberliegende Ufer und ging dann ein Stückchen mit der Strömung Richtung Süden. Nichts. Kein Beyerle in Sicht, kein stöhnender Stadtbaudirektor, der sich verzweifelt an einer Wurzel festhielt, keine Wasserleiche, die sich irgendwo verfangen hatte.

„Beyerle! Hören sie mich? Wo sind sie? Kommen sie raus!"

Stille. Hier konnte er offensichtlich nichts weiter tun. Er hatte ja noch nicht mal eine Taschenlampe dabei. Also krabbelte Weidenmann wieder mühsam aus dem Bachbett und humpelte den Hang hinauf. Er musste jetzt unbedingt Lang informieren. Und zwar sofort.

Oben beim alten Forsthaus hatte sich mittlerweile bleierne Ratlosigkeit breit gemacht. Das SEK hatte nun auch den gesamten Keller gründlich durchsucht und dabei rein gar nichts gefunden. Kein Beyerle, keine sonstige Person, nichts Verdächtiges. Die Hütte war komplett leer. Was die Beamten allerdings auch nicht entdeckt hatten, war der Mechanismus des unauffälligen Regals mit den alten Kisten und dem verstaubten Krempel, hinter dem sich der geheime Zugang zum Eiskeller befand.

Gottschalk tobte. Wenn jemand auf der Dachterrasse braune Reden schwang, nachdem er offensichtlich vorher eine massive Mörserattacke auf die Stadt geritten hatte, dann konnte er sich ja nicht einfach so in Luft aufgelöst haben. Er musste also noch im Haus sein. Irgendwo in einem geheimen Wandschrank, hinter der plüschigen Wohnzimmergardine oder in der alten Standuhr.

„Sie gehen jetzt sofort wieder da rein und finden mir diesen Beyerle und zwar dalli-fix! Das glaub ich ja wohl nicht! Oder denken sie vielleicht, der hat sich wie Münchhausen auf einer Kanonenkugel über die Absperrung geschossen? Ich hab jedenfalls nichts gesehen. Drehen sie alles um, was groß genug ist, einen Menschen zu verstecken! Los, machen sie schon! Abmarsch!", herrschte der den Führer des SEK an, der zwar kopfschüttelnd, aber dafür im Dauerlauf zu seiner Truppe zurückkehrte. Wenige Sekunden später war die ganze Mannschaft wieder im Haus verschwunden.

30

Weidenmann hatte sich schließlich wieder den ganzen Hang nach oben bis zur alten Förstervilla hochgearbeitet. Das war nicht ganz einfach gewesen, weil er nämlich erstens vollkommen durchnässt war und zweitens deutlich mit dem zuweilen steilen Hang zu kämpfen hatte. Das Bild, das sich ihm bot, hatte sich wenig verändert. Absperrungen und Blaulicht, Polizisten in Uniform und solche in Zivil, ein Krankenwagen, Scheinwerfer und Blitzlichter. Weiter hinten drängten sich die Eulendorfer Bürger vor den rasch aufgestellten Gittern. Er konnte den Stadtreporter Neusch erkennen, der heftig gestikulierte und einen ungerührten Polizisten anschrie. Wahrscheinlich wollte er einen auf Pressefreiheit und unbehinderte Berichterstattung machen, was den Kollegen jedoch null beeindruckte. Weidenmann ging tropfnass an einigen Beamten vorbei, denen bei seinem Anblick teilweise das Kinn nach unten klappte. Endlich sah er Lang in der Menge und steuerte unbeirrt auf ich ihn zu.

„Felix, Felix, hier, komm mal, wichtig!"

Weiter hinten ebbte ganz langsam und allmählich Gottschalks Tobsuchtsanfall ab.

„So etwas hab ich ja noch nie erlebt! Geballte Unfähigkeit im Quadrat! Ich werde noch wahnsinnig hier! Ich glaub ich spinne!", war zu hören.

„*I think I spider!*" schoss es Weidenmann unwillkürlich durch den Kopf. Gottschalks stand vollkommen außer sich neben dem Einsatzleitungswagen und man konnte ihn noch vehement zittern sehen.

„Was gibt's, Manfred?", wollte Lang wissen und „Sag mal, wie siehst du denn aus?" schob er erstaunt hinterher.

„Egal jetzt! Pass auf! Der Beyerle ist weg."

„Wie, *weg*? Was soll das denn jetzt heißen? Woher ..."

„Hör zu! Es gibt einen alten Eiskeller hier den Abhang runter." Weidenmann deutete vage mit der tropfenden Hand in Richtung Schussbach. „Und es gibt da so eine Art Geheimgang von der Villa in diesen Keller. Dort hatte Beyerle offensichtlich so ein altes Motorrad versteckt. Ein Wehrmachts-Dingens mit Beiwagen, aus'm Krieg. Und damit wollte er einfach abhauen. Ich hab' mich da unten mal unauffällig umgesehen und ausgerechnet da kam er volle Kanne durch die Tür gerauscht. Hab ihm mit so einer Eisenstange eins übern Helm gedonnert und dann ist er schnurstracks den Hang runter in den Schussbach gefahren. Aber dann war er plötzlich weg! Wie vom Erdboden verschluckt. Ich hab ihn gesucht, aber es ist ja alles stockfinster da unten. Kann natürlich auch sein, dass er, na ja, ertrunken ist, abgetrieben wurde oder was weiß ich was. Du musst da sofort was tun! Taucher, Wasserwacht, Boote und vor allem: Licht, Du brauchst Licht!"

Lang brauchte nur eine Sekunde, um die Brisanz dieser Information zu verstehen. Er klopfte Weidenmann anerkennend auf den Oberarm, raunte ihm ein „Gut gemacht, Du alte Spürnase!" zu und rannte hurtig zur Einsatzleitstelle. Von dort aus organisierte er routiniert die nächsten Schritte.

Eine halbe Stunde später stand alles, was Rang und Namen hatte unten am Schussbachufer und blickte ins munter dahinplätschernde Nass. Die ganze Szenerie war von vier fetten Flutlichtstrahlern des THW ausgiebig beleuchtet, und der eine oder andere Anwesende fühlte sich wahrscheinlich so ähnlich wie beim VfB Stuttgart auf der Haupttribüne. Die Eintauchstelle war so gut es ging abgesperrt, Gottschalk und seine Leute bewegten sich an beiden Ufern hektisch hin und her. Auch alle Schaulustigen hatten sich hinunter zum Fluss begeben und bildeten einen großen Kreis um das nächtliche Geschehen. Unter ihnen natürlich auch die Mitglieder der kleinen Jung-Nazi-Bande des Städtchens. Nur Zippo war nicht dabei. Feuerwehrleute in Anglerhosen aus dickem Gummi standen im Wasser und fischten mit langen Stangen nach dem ominösen Motorradfahrer. Die überwachsene Uferböschung wurde ausgiebig abgesucht, jedoch weit und breit war nichts zu entdecken. Gottschalk tobte wie ein wilder Derwisch.

„Das kann ja wohl nicht wahr sein! Der muss hier doch irgendwo …! Los, weiter, weiter, den Bach runter!"

Auch Neusch, der schmierige Stadtreporter, hatte sich ganz nah ans Ufer gedrängt, um möglichst viel mitzubekommen. Er fuchtelte umständlich mit seiner Kamera herum und versuchte die ganze Szenerie bildlich einzufangen. Was er nicht merkte, war, dass sich ihm von hinten eine dunkel gekleidete Person näherte. Und als er den kleinen schmerzlichen Schubser am unteren Rücken spürte, war es schon zu spät. Er musste einen kleinen Schritt zur Seite machen, um das Gleichgewicht wieder zu erlangen, verlor dabei allerdings genau dieses, weil er ins Leere trat. Mit rudernden Armen hing er noch zwei Sekunden schräg in der Luft, bevor er mit lauten Geplatsche ins kühle Nass stürzte. Die Kamera hatte er ebenfalls in hohem Bogen in die Fluten befördert. Prustend und keuchend tauchte er kurz nach seinem Sturz aus dem hüfttiefen Wasser wieder auf und sah sich von einem der Flutlichtstrahler zentral angeleuchtet.

„Was macht denn dieser Trottel da im Wasser? Sind denn hier alle durchgedreht? Holt diesen Idioten da raus! Aber sofort!"

Gottschalk hatte im Scheinwerferlicht schon wieder seine leuchtend rote Puterfarbe angenommen und erging sich in weiteren Schimpftiraden und Anweisungen für seine Männer. Weidenmann schmunzelte verschmitzt, trat noch einen weiteren Schritt zurück in den Schatten und warf unauffällig den Stock weg, mit dem er Neusch in die Fluten befördert hatte. Es war doch immer wieder schön, der Presse bei ihren Nachforschungen helfend beistehen zu können.

Als es langsam dämmerte, hatte sich die ganze Suchmannschaft bereits etwa einen Kilometer von der Unfallstelle aus nach Süden vorgearbeitet. Die Männer hatten jeden Zentimeter abgesucht, die Uferböschung genauestens examiniert und unter jeden Busch geschaut, der seine Zweige ins Wasser hängen lies. Alles jedoch ohne Fund. In den kommenden zwei Tagen arbeiteten sich die Feuerwehrleute mit Unterstützung von THW, Polizei und sogar einer Hundesuchstaffel immer weiter in Richtung Bodensee vor, allerdings ohne jegliches Ergebnis. Die Wasserschutzpolizei fuhr etliche Extrarunden auf dem Schwäbischen Meer, schickte ihre Taucher in die Tiefe und fand: Rein gar nichts.

Die Sonderkommission unter Kriminaloberrat Gottschalk arbeitete noch vierzehn Tage fieberhaft an dem Fall, konnte aber trotz enormen Anstrengungen keine weiteren Erkenntnisse gewinnen. Der geständige Mörder, Stadtbaudirektor Bertram Beyerle, war zwar ermittelt, blieb aber dennoch flüchtig beziehungsweise verschwunden. Es gab keinerlei Hinweise über seinen Verbleib. Es war, als hätte er sich einfach in Luft – oder vielleicht doch eher: in Wasser – aufgelöst ...

Epilog

Uruguay, Punta del Este, zwei Wochen später:

Die großzügige Hacienda lag direkt am Meer mit einem abgetrennten, privaten Strandabschnitt etwa sieben Kilometer nördlich des quirligen Stadtzentrums. Das Haupthaus ähnelte einer Kolonialvilla und verfügte über eine breite Veranda, die über eine stattliche Freitreppe zugänglich war. Zwei Stockwerke schimmerten in gefälligem Goldgelb in der südamerikanischen Sonne. Palmen und Bananenstauden umsäumten das gesamte Areal, üppige Hortensien und prächtige Bougainvillea blühten in voller Pracht.

Er schob sie vorsichtig und behutsam in ihrem Rollstuhl in den Halbschatten. In der prallen Sonne machte sie immer einen etwas unglücklichen Eindruck, obwohl sie nie eine Regung von sich gab. Sie schaute immer nur schnurgerade aus. Und meistens tat sie auch das nicht. Sie schloss einfach ihre Augen, als könnte sie Gefahr laufen, etwas Furchtbares zu sehen, wenn sie sie öffnete. Die Ärzte wussten nicht, ob sich das jemals wieder ändern würde.

Die Flucht über die Schweiz, die falschen Papiere in erstklassiger Qualität und alle weiteren Notwendigkeiten für seine „Abreise" hatte er über alte Seilschaften organisiert. Nachdem ihm der hilfswillige Idiot Zippo mit dem antiquarischen Wehrmachts-Motorrad freie Bahn geschaffen hatte, und nachdem Weidenmann dessen Verfolgung aufgenommen hatte, war er seelenruhig durch den alten Eiskeller zu seiner externen Garage am Ortsrand spaziert. Dort hatte er sich in seinen für alle Eventualitäten vorbereiteten 5er BMW gesetzt und war nach Meersburg zur Fähre gefahren. Schon seit langem hatte er die Garage angemietet und dort seinen Wagen mit einem fertig gepackten Koffer, ausreichend Bargeld in diversen Währungen, einer Waffe und ein paar weiteren Utensilien geparkt. Jeden Monat tauschte er den Koffer aus, damit die Kleidung nicht muffig wurde.

Zippo hatte einen Hunderter bekommen und sich nach der Landung im Schussbach klatschnass über die gegenüberliegende Wiese in einen alten Schuppen gerettet, wo er unentdeckt bis in die frühen Morgenstunden vor sich hin zitterte und sich danach unerkannt entfernte.

In die Schweiz zu gelangen, war ein echtes Kinderspiel. Dort brauchte er drei Tage für seine weiteren Vorbereitungen. Dann hatte er sie in der Klinik in Holland abgeholt, die Papiere steckten schon in seinem Jackett. Über Buenos Aires ging es nach Montevideo, wo er von einem Freund abgeholt wurde. Uruguay hatte kein Auslieferungsabkommen mit der Bundesrepublik Deutschland.

Ob seine Tochter jemals wieder gesund werden würde, das wussten die Götter, aber wenigstens war der räudige Hund, der ihr das angetan hatte, jetzt tot. Und er war auf eine für einen Moslem wirklich erniedrigende Art und Weise gestorben. Das war seine Rache gewesen. Das nette, kleine Gespräch, das er geführt hatte, bevor er dem Vergewaltiger seiner Tochter die Kehle durchgeschnitten hatte, hatte ihm eine tiefe, innere Befriedigung verliehen und ein Stück seiner Vaterwürde zurückgegeben. Nein, er hatte seine Tochter damals nicht beschützen können, aber ja, jetzt hatte er sie gerächt.

Am gleichen Tag in Eulendorf:

Polizeioberkommissar Weidenmann saß mit seinem Kater *Herr Präsident* beim Abendessen und sinnierte. Der spektakuläre Mord im Schächtraum war zwar aufgeklärt, der Täter blieb jedoch verschwunden beziehungsweise flüchtig. Das wusste man noch nicht so genau. Der Babakoudis-Klan war schwer angeschlagen und würde sich wohl nicht mehr lange halten können. Die albanische Mafia stand schon in den Startlöchern und scharrte gewaltig mit den Hufen.

Mit Kriminaloberrat Gottschalk hatte er noch in der Nacht des Verschwindens von Beyerle seinen inneren Frieden gemacht. Wegen der erheblichen Brisanz der Ereignisse war nämlich extra der Polizeipräsident höchst selbst angereist. In der Lagebesprechung und nachdem nun auch klar war, dass der Nazi-Baudirektor und Mörder erst mal verschwunden blieb, hatte Gottschalk mächtig Eins auf die Mütze bekommen. Der Präsident hatte förmlich getobt. Stümperhaftes Vorgehen, schlampige Absicherung des Tatorts, dilettantische Ermittlungsarbeit! Das hatte er seinem alten Widersacher Gottschalk vor versammelter Mannschaft lautstark an den Kopf geworfen. Das mit dem Kriminaldirektor konnte er sich jetzt wohl endgültig abschminken. Und als wäre das nicht schon genug gewesen, lobte er anschließend noch Weidenmann, den verschmähten Provinzbullen wie einen verlorenen Sohn.

„Sehen sie mal, das nenn ich echte Polizeiarbeit! Über den Tellerrand hinausdenken, mit Weitblick agieren, das Unwahrscheinliche ins Kalkül ziehen! So löst man Fälle. Ohne den Polizeioberkommissar Weidenmann stünden sie ja immer noch vor der Villa und würden Bauklötze staunen! So, genug jetzt, mir reicht's! Lagebesprechung beendet!" Das ging runter wie kaltgepresstes Öl. Erste Pressung natürlich! Als sich beim Hinausgehen kurz die Blicke der beiden Kontrahenten trafen, hätte man mit der entstehenden elektrischen Ladung ganz Eulendorf für einen Monat mühelos mit Strom versorgen können.

Es war nun auch wieder nach und nach Ruhe ins Städtchen eingekehrt, aber die Nachwehen würden wohl noch eine ganze Weile zu spüren sein.

Weidenmann nahm die letzte Ölsardine aus der Dose, toastete noch ein weiteres Stück Vollkornbrot und kraulte *Herrn Präsident* zart am Hinterkopf. Der ließ sich das schnurrend gefallen und räkelte sich genüsslich auf Herrchens Schoß.

Morgen war ja wieder mal Kehrwoche.

Nachtrag

Zunächst hatte ich geplant, Polizeioberkommissar Weidenmanns skurriles Sprach-Hobby, die sogenannte *Word-by-word-translation*, direkt in meinen Krimi einfließen zu lassen. Als hochgestellte Direktübersetzung wollte ich dem geneigten Leser (also Ihnen) den Dünnbrettbohrer ^{Thinplankdriller} unmittelbar nach jedem Begriff oder Satz präsentieren. Unidentifizierbare innere Stimmen und vor allem meine wunderbare Frau haben mir davon abgeraten. Also habe ich es schließlich gelassen. Sie finden daher lediglich den Hinweis auf die Lookfunnies (*die Schaulustigen*) in der Szene vor dem Schächthaus, begleitet von wenigen anderen Ausdrücken.

Da ich aber dennoch glaube, dass so manche Phrase eben doch einen Schmunzler oder gar ein Lachen wert ist, habe ich hier nun einige Beispiele vollkommen ungeordnet und zusammenhanglos ergänzt. Die besondere Note erhält diese Art der wortwörtlichen Übersetzung durch ihre vollkommene Ignoranz gegenüber jeglicher Grammatikregel und Satzstellung. „Das kannst Du den Hasen geben!", heißt also nicht „You can give it to the rabbits!", sondern: „That can you the rabbits give!" Eben Wort für Wort. Wenn Sie's lustig finden: Lesen und lachen! Wenn nicht, dann einfach weglassen.

Ach ja, eins noch. Natürlich sind alle lebenden und toten Personen vollkommen frei erfunden, genauso wie die Handlung, die Orte und alle historische Behauptungen.

Reine Phantasie, absolute Hirngespinste des Autors, alles nur wirre Gedankenfolgen meiner dunkelgrauen Zellen!

Nun aber zur *Word-by-word-translation*:

Ab die Post! Off the post!

Herum-eiern (durch die Gegend fahren, vgl. rumgurken) Around egg

Hans Dampf in allen Gassen John steam in all alleys

Gemach, gemach (als Ausdruck für „Immer mit der Ruhe") Chambre, chambre (Geht also auch auf Französisch)

Es schifft (es regnet) Ca bateau/It ships (bi-lingual!)

Glückspilz Funghi felice (auch gerne mal Italienisch!)

Honigkuchenpferd Honeycakehorse

Hammerhart Hammerhard

Rührei/Spiegelei Stirregg/Mirroregg

Du Weichei! You softegg!

Mitesser (i.S.v. *Pickel*) Witheater

Ich bekomme (krieg') einen Vogel! I become (war) a bird!

Ich bin auf dem falschen Dampfer! ^{I am on the wrong steamship!}

Da kannst Du einen drauf lassen! ^{There can you let one on!}

Weiß der Geier! ^{Knows the vulture!}

Ja, glaubst Du denn, ich bin auf der Brennsuppe daher geschwommen? ^{Do you think I came here swimming on the burning soup?}

Mein lieber Herr Gesangverein! ^{My dear Mr. singing party!}

Mein lieber Schwan! ^{My lovely swan!}

Was Du nicht sagst! ^{What you not say!}

Rum-gurken (i.S.v. „durch die Gegend fahren") ^{Around cucumber}

Ich wünsch Dir was! ^{I wish you what!}

Ich versteh nur Bahnhof! ^{I understand only railway station!}

Das kannst Du mir nicht weiß machen! ^{That can you me not white make!}

Da beißt die Maus keinen Faden ab! ^{There bites the mouse no thread off!}

Da kannst Du lange warten! ^{There can you long wait!}

Das kommt nicht in Frage! ^{That comes not in question!}

Lass den Scheiß! Let the shit!

Halbstark Halfstrong

Jetzt schlägt's aber dreizehn! Now beats it but thirteen!

Er machte sich mir nichts, dir nichts aus dem Staub. He made himself me nothing, you nothing out of the dust.

Ich glaub, es hackt! I think it hacks!

Ja, hau mich blau! Yes, beat me blue!

Das ist mir Wurst! That is me sausage!

Lass' gut sein! Let good be!

Nichts für ungut! Nothing for ungood!

Da wird ja der Hund in der Pfanne verrückt! There becomes yes the dog in the pan crazy!

Da kannst Du einen drauf lassen! There can you let one on!

Mach hier mal keinen auf dicke Hose! Make here once none on thick trouser!

Ist mir egal! It's me eagle (Wunderbar! Hier wir noch nicht einmal übersetzt, sondern nur lautmalerisch adaptiert!)

Hau rein! Beat in!

Da brat mir doch einer einen Storch! There fries me one a stork!

Zigarettenbürscherl Cigarette-fellow

Der ist aus dem Schneider! He is out of the tailor!

Das ist ja total urig hier! That is yes totally watchy here!

Ich glaub, ich spinne! I think, I spider!

Das ist so sicher wie das Amen in der Kirche! That is as safe as the Amen in the church!

Kehrwoche Broomweek

Eingang/Ausgang Onego/outgo

Bankvollmacht Benchfullpower

Aufzug Uptrain

Er schoss (zischte) mit einem Affenzahn um die Ecke He shot (sizzled) with a monkeytooth around the corner

Los geht's! Loose goes it!

Rattenscharf/haarscharf Ratspicy/ratsharp/hairspicy/hairsharp

Vom Hörensagen From hearsay

Alltag Allday (gerne auch für die Discounterkette ALDI verwendet, also rein lautmalerisch eingesetzt)

Ich dreh durch! I turn through!

Das schlägt doch dem Fass den Boden ins Gesicht That beats but the barrel the bottom in the face

Hör mir bloß damit auf! Hear me only there with up!

Ausziehtisch Striptease-table

Blasmusik Blowmusic

Hier zieht's wie Hechtsuppe Here pulls it like pikesoup

Friede, Freude, Eierkuchen Peace, fun, eggcake

Pustekuchen! Blowcake!

Halt den Rand! Hold the rim!

Geh mir bloß nicht auf den Zeiger/Senkel Go me only not on the indicator/shoelace

Das interessiert mich nicht die Bohne That interests me not the bean

Schieb ab! Push off!

Er kratze die Kurve He scratched the curve

Damit lockst Du niemand hinter'm Ofen vor ^{Therewith attract you}
nobody behind the oven before

Das hatte ich gar nicht mehr auf dem Schirm ^{This had I no more}
on the umbrella

Feierabend ^{Partyevening (wahlweise auch: fire-evening)}

Dafür muss eine alte Frau lange stricken ^{Therefore must an old lady}
long knit

Das ist doch alles nur 0/8/15 ^{That is all only zero/eight/fifteen}

Himmel, Arsch und Wolkenbruch (Zwirn) ^{Sky, butt and cloudbreak}
/twine)

Das/der/die geht ab wie Schmidt's Katze ^{It/he/she goes off like}
Smith's cat

Durchschlag (altmodisch für *Kopie*) ^{Troughbeat}

Feld-, Wald- und Wiesen-Anwalt (i.S.v. „nicht speziali-
siert") ^{Field-, forest- and meadow-lawyer}

Dann ist ihm der Saft ausgegangen ^{Then went him the juice out}

Das kannst Du Dir aus dem Kopf schlagen! ^{That can you you out}
the head beat!

Er gab ordentlich Fersengeld ^{He gave tidy heelmoney}

Untersteh Dich! (i.S.v. „Wag es bloß nicht!") ^{Understand you!}

Musst Du denn immer Deinen Senf dazugeben? Must you then always your mustard withgive?

Hals- und Beinbruch Neck- and legbreak

Hearst, geh' scheißn (wüster Wiener Ausdruck für „Hau ab!") Listen, go shit

Aus die Maus! Out the mouse!

Pausenbrot Breakbread

Mutterseelenallein Mothersoulalone

Was ist denn das für ein Saftladen hier? What ist then that for a juiceshop here?

Bringen Sie Ihren Eierladen hier mal auf Vordermann! Bring your eggshop here once on beforetheman!

Warmduscher Warm-showerer

Was fällt Dir ein!? (i.S.v. „Was erlaubst Du Dir!?) What falls you in!?

Du kannst mich mal! You can me once!

Streichwurst Cancelsausage

Lebkuchen Living cake

Lass den Tee nicht so lange ziehen ^{Let the tea not so long pull}

Alle Naslang ist was! ^{All noselong is what!}

Dampfplauderer ^{Steam-smalltalker}

Rotzlöffel snotspoon

Halsabschneider Neckoffcutter/-tailor

Da war Schmalhans Küchenmeister ^{There was Slim John kitchenmas-ter}

Lass die Kirche im Dorf ^{Let the church in the village}

Aufschnitt (Wurst) ^{Upcut}

Und jetzt noch zu guter Letzt:

Schluss mit lustig! ^{Finish with funny!}

Zeitfracht Medien GmbH
Ferdinand-Jühlke-Straße 7
99095 Erfurt, Deutschland
produktsicherheit@kolibri360.de